AQUARIUS

AQUARIUS

AQUARIUS

AQUARIUS

每個人心中都有一座島嶼，

藉文字呼息而靜謐，

Island，我們心靈的岸。

海田父女

薛好薰——著

【推薦序】

多情的女性海洋

郝譽翔（中正大學台文所教授）

台灣談論海洋文學已經有許多年了，然而談歸談，真正投入海洋寫作的人，卻仍舊是稀少得可憐，也導致研究者遠遠超過了創作的人，但可惜研究者偏又多是從來不沾一點海水的。這大概成了台灣特有的怪現象吧，分明是一座海島，但絕大多數的島民卻又怕水，更怕暈船，所以對於海洋，頂多是站在沙灘岸邊，望向大海抒發感懷罷了，而真正能夠跨越界線潛入深海的作家，除了夏曼・藍波安和廖鴻基之外，簡直是屈指可數，而且見不到女性的身影。

大海距離台灣人遙遠，距離台灣的女人卻更遙遠，如今好不容易，我們終於讀到了《海田父女》，才總算一掃過去對於海洋文學的刻板印象，彷彿那是屬於男性的殺戮天地，孤獨的漂流監獄。但在《海田父女》中的大海卻不然，她有擬人化的細緻感性，也有溫柔婉約的凝視，作者薛好薰潛入了海洋，就從那光線折射入海飄忽不定的深處，以文字帶回來一般人所不能見到的、海的柔媚與多情。

或許因為我也熱愛潛水，所以讀起《海田父女》格外有感觸，它又再度喚起了我潛入海中之時，那份奇妙的感受，而那感受幾乎無可傳遞：我要怎麼跟沒有經歷過海洋洗禮，甚至恐懼海水的人，去述說她的美好與神祕呢？

夏蟲不可語冰，那是一個地球上的內太空世界，我又要如何去述說那種失去了重力之後，隨海流漂浮而去的逍遙快樂？我甚至有些私心了，想把這種感受留給自己就好，然而薛好薰卻慷慨地，不厭其煩地用文字去傳達，那一個我原本以為無法言說的世界。

我在《海田父女》中讀到了她對於海的深情與眷戀，於是有了這些文字。她所記錄的某些地方，如東北角、西巴丹和峇里島等，我也曾經有幸造訪，而如印尼科摩多島等，則是我心嚮往之。她在我們眼前展開了一張潛水的全球地圖，而那些美麗的海底天堂，就地理位置而言，離台灣並不遙遠，但就心靈位置而言，卻又遙遠得宛如來自另外一個星系。但其實分隔彼此的，卻只有一條水平線，而只要大膽沉下去之後，海洋便是無疆域，無國界。

我喜歡這樣流動、包容而大器的海洋觀。

《海田父女》中不只寫海，寫魚，寫珊瑚礁，寫海底奇奇怪怪的各種生物，它也寫人，寫從事漁業的父親，寫潛水者之間的互動，甚至在海中觀察所獲得的感悟。這是一本難得以女性角度去貼近海洋的佳作，它消解了海洋兇暴而殘酷的一面，留給讀者的，卻是更多的溫情、幽默與體貼。

【自序】

海的賦比興

海風黏重，陣陣襲人，窩在甲板蔭涼處的躺椅上翻閱水族圖鑑，仔細分辨體型、特徵、習性、分布……偶爾抬頭瞇起眼睛，看瀲灩的波光和晴好的藍天雲朵，地平線在遠方緩緩起伏著，頭髮還溼淋淋的，也總是溼淋淋的，趁著還未被晃蕩的船身搖進夢鄉之前，強記些魚蝦貝蟹珊瑚之名，等待下次的潛水，也等待相遇的時候能親切地喚出牠們。

或者，趁眾人整理攝影器材、檢視拍攝的成果時，在一旁踅來踅去，看自己剛剛是否在水下漏失了什麼生物及景觀，有些水族喜歡躲迷藏，屏息靜伏在桶狀海綿、棘穗軟珊瑚、礁石、海底沙地……有經驗的潛水員才能一一發現牠們的形跡，而我也只好藉由別人的眼和相機，彌補緣慳一面的缺憾，希望下次經過類似的地方，眼睛再放亮些。

用餐時更是擺龍門陣的時候，聽大家口沫橫飛分享潛水與工作經驗，有些經驗在我聽來，簡直是奇譚。幽默的言詞、誇張的舉止、豐富的歷練、爽朗的笑聲……讓我沖淡不少對海的恐懼與潛水的不適。說來真是奇特的緣分，這麼多行駛在不同航道的人，彼此的生命竟有了交會，都是因為熱愛潛水。

而不潛水的季節，我養成翻看圖鑑的習慣，清閒時躺在客廳長沙發上展讀，待眼睛疲倦了，便抬眼看窗外那一道綠色的小山陵，平緩而靜定，但也伴著我在亞熱帶台灣，離水而乾涸的秋冬春，有了不少夏日熱帶海洋的蔚藍想像。圖鑑上文字與照片鮮明羅列水族的樣貌，我泅泳其中，環顧四周的魚身，有的成紡錘形以利在大洋中泳速快而持久，而成球形或箱形的魨科和鲀魚因為動作不靈活，必須配備毒性和棘刺等防衛機制。泳速快的尾鰭形狀，是流線型的新月或深叉狀，速度慢的便是圓形或截形，尾柄相對粗大。其他如魚鱗排列、體色、攝食、繁殖……種種生理構造和行為模式，彷彿述說著為了因應殘酷的生存競爭而生成的形軀，是連牠們自己也無能為力擇選的。這些在海平面下靜默吞吐生命故事的水族，越是了解，越難引發像莊子在濠梁之上，以為魚是出游從容而樂的聯想。

潛水幾年之後，我逐漸累積氣瓶的支數，對海洋世界也有不同於莊子的、屬於很個人的投射，漸漸賦比興出一些文章，匯集成書，這又是潛水所帶給我的另一項收穫。

書成之日，尤其感謝父親。他長年在海上，漁船行駛於廣漠海田，犁出一道道白色水沫，經歷無數的惡夜、烈日、暴雨、狂浪，辛勤收割魚貨，乃能換來陸地上一家的安穩生活。如今我把潛水當成休閒，以另一種方式接近海，常常揣想父親在船上舉目所見無邊無際的孤寂，與無私無懼的責任心；當我縱身躍入海中的那一刻，低俯著頭的姿勢，其實是充滿對父親與家人的感念。

由衷感謝極有耐性教導我潛水的明哥教練，要帶個懼水的旱鴨子潛入海中並不是件容易的事，但是明哥辦到了，為我開啟通往另一個世界的門，見識到水下世界的奇幻絕美。也感謝俱樂部會長林錦榮醫師，常常分享精采的照片和生物知識，讓我觸發不少創作的靈感。而其他潛水夥伴總在我需要幫助的時候伸出援手，實在難以一一列舉。

而親密潛伴——海馬，我說不出的，遠比能說的，還多。

更要感謝在創作路上一直指點和鼓勵我的阿盛老師，如果沒有老師不斷地關切，再關切，創作、得獎、出書，於我而言，將會比潛水更是一場遙不可及的夢。還有眾多文友彼此切磋與扶持，讓燈下的創作不至於太孤單，也讓我念念難忘。

寶瓶的亞君和鐘月，是讓書成形的最佳整合者。合作甚是愉悅。

感謝身邊的及遠方的朋友，以海祝福。

目錄

卷二・飛行在海中

卷一
到海底尋夢

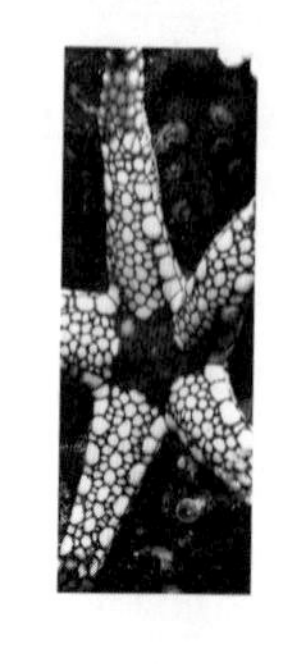

魚缸

她彷彿明白了，囚禁她的不是魚缸，是過度的想望。
她決定換回庋藏已久的尾鰭，奮力地搧動，游向朝她招手的海洋。

這辦公室養著小小魚缸，魚是同事給的，水草也是，還附贈魚飼料。她興沖沖趕在下班前布置好迷你魚缸時，才發現那天是結婚紀念日。

ＯＡ的辦公桌擋住所有的窺探，別人以為她像往常低頭一逕地忙，不知道她呆看魚的時間比看公文多，而視線在透明的魚缸中渙散失焦又比看魚的時候多。

魚真的太小了，連小顆粒的餌料都吞不下又吐出來，她必須捏了如指甲根的月牙形般的分量，再細細研磨餵食。隱隱的腥味一直刺激她敏感的鼻竇，不明白那麼小的魚為何如此貪腥，她告訴自己，反正久了，嗅覺也像其他感官一樣會麻痺的。

餵養了幾日，發現魚不吃東西時還是唼呼唼呼不停，她想起小時候所看到的海中圖畫，魚一唼呼不都有氣泡嗎？原來那都是執筆者的想像，否則整座海洋不就像鎮日鼎沸的藍鍋子了？她就記憶別人的錯誤想像，認了真。真是這樣也倒好，她在家中也像魚喜歡自顧自無聲唼呼，如果有那麼多夢幻的五彩氣泡熱鬧填滿那個清冷的空間，也許還可以增加點人氣，證明還有個活體在其中晃悠。

同事告訴她那是孔雀魚，很好養，長大後公孔雀有漂亮的尾巴，母孔雀較平凡黯淡，肚子較圓。她瞄了一眼自己的癟肚子，想著每天在外游竄的另一半，回到家便收起豔張的尾鰭，她幾乎忘記也曾經為之迷眩過。接下來同事傳授的飼養方法，只斷斷續續傳入她耳中：經常餵食可以長得快、清理吃剩的餌料與排泄、避免拍打驚嚇魚……一邊答應點頭，一邊疑惑自己的能力，對別人輕而易舉的事，對她而言卻要掏盡所能拚搏，但，總是像受了詛咒一般，終究只落得空期待一場，她卻還是繼續沮喪繼續賭氣一試，再試。畢竟，從獨坐面對一桌冷涼的菜發呆，到最後爐灶生塵，至今她也還沒成功把自己養死。

魚缸小，但仔魚更小，一長條水草浮懸其中還有餘裕，魚寂寥穿梭其中，一雙雙眼睛望向她喁喁唇語，像渴求什麼。於是，她放了可愛的陶偶裝飾造景，小魚果然好奇地繞著陶偶上下刺探，啄吻磨蹭。同事來探她養得如何，見了陶偶連呼不可，這個封閉的小天地，東西放久了會長青苔，就可惜了陶偶。她說這樣啊。心中掂量，是保持空蕩蕩清冷的魚缸可惜，還是任陶偶一天一天點染墨綠老苔可惜。最後，決定把陶偶留著，她非常清楚擁有東西又失去的況味，曾有人應允要和她攜手慢慢變老，後來，那手抹去了所有承諾，慢慢抽離。所以，就讓陶偶在魚的眼前一起接受時間的幻變，即使是一具不動不言語的陶偶。相較之下，連個沉默的身影她都難得擁有。

除此之外，她的魚缸很陽春，沒有燈光照明、沒有打氣的幫浦，就可以自給自足，而且，水草滋長得比小魚快多了，就像悶悶的情緒總不召自來，迅速塞滿她的腦子她的屋子，而細心照料的愉悅回憶像小魚苗，反倒孱弱隱匿在擁擠的煩悶中。所以隔一陣子總要挑剪水草，恢復缸內應有的清爽空間，讓眼睛不費力隨著小魚泳動，而不是滿眼慘綠。原本也要來了些清潔蝦，可以清理底層沙縫中的飼料，但不知為何蝦子總養不活，每天兩隻三隻地，相繼變紅，翻肚死亡。這魚缸定有她看不見的髒汙，讓清潔蝦賠了性命也不堪負荷，反而豆丁大的仔魚平安無事，看來魚又沒有她想像中的脆弱。所以，她淪為清潔婦了。

但是，她想當的其實是這魚缸的上帝，她讓它沒有光，於是就沒有光，她讓它潔淨就潔淨，讓它富足就富足，將來可預見的雌雄相逐，或淪落為汙濁鬧飢荒，也在她的設計中。如果這樣，她不免聯想，自己困處在一間形同放大的不透明乾涸魚缸，看不見外面世界的流轉，只能往來踱遍每個角落，無止境的等待、失望，是否也可以歸柢於神，是祂袖手不管，而不是她的問題呢？

幾個星期之後，小魚似乎認得她，一在辦公桌前落座，魚們便靠近魚缸壁，向著她來來回回興奮地搖尾，神情像極了將隨主人出門蹓躂的狗，她有被需要的感覺，陌生已久的感覺，幾乎令她泫然。取出餌料研磨，慢慢撒，讓魚搶食，動作快了，餌料便下沉，不知道魚是懶得或不懂得下去追，只顧守候丟在水面的。餵食結束後，牠們便到底層，這裡啄那裡啄，最後還是留下大部分的飼料。不新鮮的食物便是廢物，不值得一顧，小魚看來很清楚取捨。只是，她每每一陣忙碌之後抬起頭，牠們又靠上來搖尾了。如此飢渴。同事說多餵食長得快，餵得少便像她一樣清癯，其實同事都不知道她也是飢渴的，只是很久沒有人餵食，她竟忘記吞嚥新鮮食物是什麼滋味，失去胃口失去味覺，只對沉積已久霉爛腐臭的食物哀悼，自虐地撿拾吞嚥。

比起以往忐忑枯坐，或像魚一樣不知為了什麼在屋裡茫茫巡游，如今因掛念辦公室的魚，週休的日子遂顯得平順滑溜。她花了很多時間想像闃寂無人的辦公室，小魚偷偷褪下魚衣，翻越出水缸，暫時幻化成人形，彷彿嚮往人間情樂的頑皮精靈，學著人類假裝忙碌，吵吵嚷嚷了兩天假期。等到星期一，第一聲開啟辦公室的鑰匙喀啦響起，門被推開之前，一哄而散溜回水缸，紛亂披回魚衣，留下魚缸邊幾滴可疑的水珠。她知道的。因為自己也曾是在月夜下幽幽吟唱的美人魚，高歌對未來的嚮往，如此自信決絕，以優游四海靈動的尾鰭換上雙腳，迫不及待攀上了婚姻的石岸，之後，才愕然發現礁岩嶙峋，她像踩踏在煉獄刀山般，走得一步履一血痕。現實又是貧瘠的沙漠，迅速吸乾她的幻想清泉，只剩皮膚上水分蒸發後現形的鹽粒，醃漬著她。於是，漸漸地喑啞。而聲如老鴞受苦難的她在陽光下，竟荒謬地予人晶光閃爍的錯覺。差別在，她不像小魚，這不是一場酣樂的假期，而且無奈的是，也變不回去魚身了。

所以，她眼中經常蓄著兩池水，家裡變得溼意凝重，她像小說中的人物在潮溼的空氣游泳般，載浮載沉地泅泳，嗆水狂咳。被自己的淚。

生活中只剩下那一缸魚可以期待，與被期待。同事很老經驗地淡然交代令她不放心，於是上網搜尋，詳盡的文字敘述讓她有想像的藍圖。才知道專業養魚者是將公魚和母魚分開飼養，公魚省卻了追逐母魚的時間，才能專心長得快又漂亮。這做法純然超出她的理解，難道母魚反而成了公魚發展華麗孔雀尾鰭的羈絆了嗎？公魚未完成繁殖天命之前，才會努力求變求炫，之後呢？生命原欲和自我完成竟是如此扞格牴觸。而母魚是毫無選擇的了，只有被選擇。

她帶著異樣情緒再看魚魟，小小的魚性徵就很明顯，體型較修長的是公的，雖然公魚將來用以媚惑異性的色彩尚未出現，然而已經被上帝分配好了角色。對此，她還知道有些種類的魚叛逆得推翻上帝的意志，靠自己的努力來決定雄雌，只要長得夠大，就有機會在一夫多妻的父系社會稱王，或在一妻多夫母系中稱后。她突發奇想，這樣一來，魚該怎麼稱呼牠的配偶們，這是我的另一半，嗯，五分之一的另一半？或者，妻妾面首眾多的帝后就這樣介紹：這是我N分之一的另一半，而且是最受寵愛、體型最大的，在我死後即將翻轉性別取代我？

所有配偶挨挨擠擠的加總，等於天平另一端一隻鰭鱗絢麗顧盼自得的砝碼。雌雄從來沒有一對一的平衡過吧！有機會翻轉性別成為帝后的話，多半也會忘卻自己曾為N分之一的卑微，與痛。

也許她該飼養雌雄同體的海蛞蝓，小魚魟夠兩隻海蛞蝓蠕行一輩子，就讓牠們誤以為在茫茫的大海中相遇，接近時慢慢地，離開也慢慢地，其中只短暫拉起右手接合器，交換彼此的精卵，就像所有初相識的戀人熱切交換前半生的坎坷，沒有後續的章節，沒有日久的變奏就分道揚鑣，多好。每個人最終都是回到自己，孤獨且自足。

但即使雌雄同體也太依賴另一組精卵基因，她想，最最簡便的方式是無性生殖，像海星之類的，她也將自己切割，如果竟能複製自己和自己作伴，那就太完美了。

亮閃閃的，眼前魚身鮮潔，像縮小的彎刀，閃刺她的眼。

她彷彿明白了，囚禁她的不是魚魟，是過度的想望。

她決定換回庋藏已久的尾鰭，奮力地搧動，游向朝她招手的海洋。

海夢

我的魚在小水族箱中陶然自足，已經失去對原生故鄉的記憶，也許牠以為，世界亙古以來就該是這個樣子……

小丑魚離開共生海葵四處游逛，不再小心提防，牠的世界由一株海葵擴大到整個長方透明玻璃箱，穿透到玻璃外，騎樓上的熙來攘往。偶爾某些人會停駐腳步，鼻尖湊近水族缸，鬥著眼睛指指點點，不一會又繼續匆忙步伐。

小丑魚已然習慣沒有天敵的掠食，只是仍改不了領域意識，不時追啄體型更小的小丑魚以示尊卑。一旁的寄居蟹也仍堅決地背著厚重的殼，張舞小螯小步足急慌慌爬行，把習慣當成無法改變的宿命，牠不相信水族箱環境安全無虞，也不認為自己擁有卸下重負的可能和權利，水族箱底的沙礫上散落著幾個稍大的貝殼，日後，等寄居蟹長得更健壯，牠會捨棄過輕過小的舊居，摩拳擦掌毫不猶豫地扛起。

而海星像一般轎車玻璃上所吸附的絨布填充娃娃，四肢伸展成大字形，緊緊黏附水族箱玻璃，一點一點緩慢移動。依牠慢悠悠的速度，可能終其一生都不會發現牠只是在一方水族箱中，從東南角踱步到西北角，兀自以為翻過一座座地形雷同的珊瑚礁石，繞過一株又一株似曾相識的海葵。

那天，我駐足水族箱前有一段時間了，身旁傳來一位斯文父親充滿愛憐地對孩子說：「你買這麼小的魚回家要好好照顧喔！」

小男孩手上提著一隻小丑魚幼魚，眼睛猶貪戀地看著水族箱其他互相追逐的小丑魚。

我也曾經認識像這樣的小男孩，他喜孜孜將小丑魚帶回家後，拋下漫畫、機器人、電玩、模型飛機，全心呵護牠，一日看幾回，白天滿心不甘願地離開牠去上學。小丑魚在陌生的水族缸中不安地扭動身軀，似乎思念牠昔日蟄居的海葵氣味。

而小男孩身在學校上著國語數學社會自然課時，心卻懸著家中長相逗趣的小丑魚。

於是，小男孩國語課時造句：「小丑魚像過動兒，不停地扭動著。」數學課時，他掰開手指數算，突然計算能力變得不靈光，3（隻小丑魚）+8（隻小丑魚）=滿魚缸的小丑魚。

自然課時，他問老師說，小丑魚搬離共生的海葵到自己家的魚缸，算不算和他「共同生活」？

在社會課中討論家庭關係表時，他堅持在弟弟那一欄中寫下小丑魚尼莫。

小男孩的身體在學校，把心遺落在家裡的水族缸中，和打氣的幫浦一起噗噗噗響。小小的水族缸涵泳著他大大的海洋夢想：海龍王的雕梁畫棟豪華宮殿，珍珠貝鋪設的柔軟睡床，宮殿兩旁勇武森列的蝦兵蟹將；花園中的海葵與珊瑚搖曳招展爭奇鬥豔，七彩蝶魚悠游其中；美人魚攀上陸地礁岩，半掩著長髮在月光下悠揚歌唱；神祕的長鯨大口吞吸海水，噴灑巨大的彩虹水柱，腹中也許有小木偶微弱的呼救聲；海面上走遍五大洲三大洋、冒險犯難的帆船，以及飄揚著髑髏旗幟神出鬼沒燒殺劫掠的海盜船……大法螺幽深的一圈圈旋轉記錄亙古以來的海洋歷史，只消把耳朵湊近螺口，有嗡嗡的海潮聲澎湃著大海的神話與傳說。

儘管對水族缸勾勒出一片汪洋美景，對寄託夢想的小丑魚付出心力，但牠沒有和小男孩一起長大。總有些意想不到的小疏忽，水質、水溫、飼料……等等小疏忽，奪去小丑魚脆弱的生命，比起在大海中的自然折損，小丑魚在愛的環繞中幸福地度過短暫一生，並且帶走小男孩傷心的淚。

男孩的悲傷我經歷過，而今，對水族的生死已淡然，我用魚蝦貝的墳塚堆疊成飼養的知識架構，隱隱透著森白腥臭。

一只小魚缸也曾有我兒時的夢想，成年後發現，不知不覺中，我逐漸變成怕水怕高怕吵怕橫衝直撞的人群與喧囂，兒時瑰麗的夢想羽衣，逐漸褪舊襤褸，我以巨大的成年形軀蜷禁其中，繃緊而膝肘絀現。不像大多數的幼魚，稚齡時灰撲撲的保護色避免被天敵捕食，等到成魚時便鮮妍奪目肆無忌憚，而我則是反進化，生命的彩度越來越灰闇。如果還有夢想，也只能偷偷養在小魚缸中。

魚缸中，我曾放養昂貴的夢想一號二號三號……只是牠們如此嬌弱，泅游在人造的環境中：光照水流、過濾器、良好的水質、營養鹽酸鹼度、鋪上沙礫、植入水草、安置珊瑚硓𥑮石、平衡的生態……但是再多的安排，也無法使牠們適應天窄地狹，先是彼此咬噬，鰭鱗破碎受傷累累，逐一翻白，即使存活下來，也是悶懨懨，失去原先的光澤鮮豔，最後被孤寂凌遲殞亡。我漸漸放棄這些奢侈的夢想，安分退守，將我能力所及的不同水族混養，逐日餵食，所有多產的魚卵將被親魚或其他成魚吞噬掉，不多也不少。直到老病死去，才有空間給另一隻魚進駐並重新排列尊卑順序，維持平衡。我的魚在小水族箱中陶然自足，已經失去對原生故鄉的記憶，也許牠以為，世界亙古以來就該是這個樣子，擺動幾次尾鰭就游到了盡頭，只能轉身，回頭後再擺動尾鰭，又是另一端盡頭。

我把熱情投注在一只魚缸，每天駝著疲累回到家中，把紛亂世界砰然甩在腦後，背對著門，撒下粉細飼料或活餌，然後癱軟在沙發上放空思緒，讓周遭陷入一片漆黑，只留水族箱的燈光與打氣幫浦，對優游的魚傻笑，卸除所有對外的武裝，和不停張合嘴巴的魚無聲對話，牠們陪伴我長夜凸睜著雙眼。一一細數我的魚，四號五號……勤加清理水族箱，不讓豢養夢想的天地有渣滓，滋菌霉臭，相對門外的烏煙瘴氣，我也只能掌握一缸的潔淨。

白日裡，潛入已然乾涸的台北盆地，據說在幾萬年前，它也曾經是魚蝦貝蟹的故鄉，我在熟稔的燥悶煙塵中嗅聞，是否有一股幸運地未被蒸發的溼潤。從職場到家裡，循固定的路線往來洄游，迎面而來擦肩而過的人群，這些那些喳呼喳呼的嘴巴都自動成了靜音的魚吻，我學著重新譯解唇語，那喋喋不休，彷彿是無垢無淨的梵唱、或如清晨的祈禱、如無形泡沫參差浮升，上達天聽。

夜裡混亂的夢魘中，我尷尬周旋在人與魚之間，對著人群急急吐瀉著他們無法理解的語串。而當我正欣喜置身洄游的魚群中，牠們卻一個轉向倏忽棄我而去，留下我亂無章法，奮力又踢又划追趕。

那天，來到龍洞海邊，捲起褲管衣袖，避開一波波拍湧上岸的細浪，踩踏在礁岩間，為我的水族箱撿拾裝飾物。三五個潛水者浮出海面，背負沉重氣瓶奮力爬上岸，摘下面鏡，拂去眼前滴淌著水的頭髮，興奮比畫談論水下的見聞，像從異次元探險歸來般，渾身鍍滿奇異的光環。他們留下爽朗的笑聲及一旁欣羨神往的我，一路逶迤溼漉漉的腳步而去。這海平面下果真隱匿著我兒時藍色的夢想？長久以來，我僅僅著眼經營夢想的替代品，而忘卻它圍繞在島的四周，日夜澎湃。

經過一連串恐懼與理智的拉鋸戰，終於，下定決心克服心理障礙學會潛水，陸地與人群，太慣性的接觸和思考，越形桎梏陳腐。浩瀚大海或許可以幫我解開一些連我自己也不知道的問題癥結。從廣袤的藍色海洋中反身回看自己棲身的狹仄灰撲陸地，會是怎樣的情景？反正也沒什麼好損失的，置之死地而後生。

按捺恐懼之後，好奇與想像遂得以馳騁，從此，發現另一個天地……

那天地中，有時是繁華熱鬧的海葵珊瑚如茵遍地，各色蝶魚雀鯛炫耀華麗彩衣；有時是平坦沙地上伸出一根根園鰻，勾著如問號的頭身，對潮流來的方向不住地詢問，不住地點頭；魟魚優雅展翅，如海中大鵬鳥，頂流騰飛一舉千里；而白鰭鯊看似陰冷令人不寒而慄，實則羞怯，避開亟欲接近的潛水員；或者是幽闇不見底的峭壁，由淺至深，從表層到洞穴，住著不同階級不同習性的居民；夜潛時，受燈光吸引，列隊行軍而來的魔鬼海膽，張舞著駭人毒棘刺；有時是海床上歪斜一艘戰艦或漁船，解體腐朽的船身附著斑駁的海藻與叢簇鮮麗的軟珊瑚，大石斑就隱匿其中，彷彿罹難不肯離去的幽魂。

這是天神私建的水底祕密花園，也或許是，人類被迫出走後再也回不去、再也無法逍遙優游的伊甸園。

領略海底的美之後，每當覺得心湖乾涸需要汪洋大海的挹注，我便跳離陸地的煙塵燥悶，潛入海中，讓海水的鹹味重新漂洗醃漬，等上了岸，便可以持續一段時間不腐不霉的保鮮期，直到下次潛水。而在陸居生活中，我對著水族箱時，腦中便浮現自己正背著氣瓶，口啣二級頭漂浮在海中二十多公尺深的畫面，遠離陸地的沉重黏滯紛亂，門外煩躁雜沓的人聲車潮全變成東到西、西到東的洄游魚群，變成我口中吐出的噗噗噗氣泡將我圍繞。

綿綿密密的泡沫旋生旋滅，教我學會靜定細觀，以往對海洋世界太多美麗的想像，錯以為長大後的世界就該是那樣無重力無負累，只有絢麗的生命環繞，所有的冒險患難都有美麗的結局。於是，始終矚目於自製的七彩泡沫，一層纖脆的薄膜教我與現況極端疏離，現在終於能面對早已存在卻無意正視的真實。魚也只是魚，不負載我所想像的自在無憂的使命，蝦蟹也只是終日忙碌覓食的小蝦蟹，不是勇武征戰維持正義的甲兵。海中生物一樣的弱肉強食，大魚吃小魚，小魚吃蝦米，蝦米吃浮游生物，而大大小小的魚則落入人類的網羅。海中只有生存本能，一群被海豚圍捕追逐的花枝只能各自竄逃，並未有任何「犧牲小我」的聲東擊西，誘敵以拯救群體。而在人類眼中慧黠可親的海豚，牠們的高智商在花枝眼中也許是狡獪冷血的獵人。我曾對擬態成礁岩的石狗公迅雷似地吞下路過的小魚而拍手稱妙；每天清晨，大隊隆頭鸚哥魚開往珊瑚礁，沿途陸續有晏起的急急插入隊伍，到了用餐區便張開利齒喀嗤喀嗤啃食，我也為之嘖嘖稱奇。所以，我想，如果我欣賞這些必須以別的生命換取自己生存的海中生物，又何必特別苛責人類的種種紛爭，那也是生存競爭演化下來更精緻的手段，或者由生存的必需，擴張為慾望充填，如此而已。即使是孕育生命廣納百川的海洋，也不拒絕不排擠任何生命，所有掠食與被掠食都是必要的存在，甚至，生物與牠所面臨的威脅是互相依存，唯有如此，才能保障種族的進化與延續。

我太專注勾勒另一世界的圖像，以致對周遭隱微的善意燐光略而不顧，卻不成比例放大雜沓與紛紜。事實上，有多少人在暗處默默堅持自己的品味，一如嶙峋珊瑚礁石上的海蛞蝓，不管有沒有驚喜讚嘆的眼光，牠依然背負著絕美的色彩，在陽光不到的海中踽踽蠕行。他們一向存在，只是過去我閉鎖的心眼不曾看見。

浸淫在海中日久，漸漸稀釋對水的恐懼，常常俯視深不見底的藍黑，也降低對高度的驚怖，回顧以往對人群極端排拒，現在想來，無非是源於對自己的厭惡放逐，遂反守為攻編派外界的種種不是。我尋回原先的自己，或者曾經的自己，接受自己，才能清楚看見其他人和我一樣恐懼、不足的原相。

我重新站在摩肩接踵的台北車站大街人群中，放眼望去，我看到的，其實是喁喁細沫，相濡以夢的涸轍之鮒啊！

我遲遲褪不去夢想羽衣，一味蹲在家中孵育兒時對海的夢想。我已覺悟那無非是可笑的模仿，那想像多貧瘠，多可憐。唯有像蝦子，一次次蛻去童蒙愚騃的外殼，雖然剛脫下殼顯得孱弱，但也因此才能擁有成長的時間空間。而所有的想像水族箱，終究須汩汩匯入現實人海，才能天寬地闊。

水族箱中，小丑魚、寄居蟹、雀鯛、櫻花蝦、海星……繼續向往來行人展售初級簡便的夢想。店員熱切問我需要什麼，我搖搖頭稱謝。如今，我已能自在優游四海，不再對一缸魚聊以自欺，虛擬一片海洋。

海田父女

工作幾年就順勢定居了下來，像洄游的魚，只在冬季夏季佳節依時序返鄉報到，補給足親情食糧，囤積在人海潛泳的能量。

夏天的島上受到颱風輪番侵襲，總是讓年幼的我開始為父親擔心，腦中浮現一幅漁船在汪洋中上下顛簸的畫面。我當時不知道，父親的遠洋漁船像海上的游牧者，走遍世界五大洲三大洋，逐魚群而遷徙，台灣的陰晴旱澇風吹雨打，和他漁船的所在地不見得同步。我在風雨狂嘯的夜晚瞎操心時，父親可能在非洲東岸的赤陽下揮汗處理捕撈上來的漁獲，粗略分類後，一箱箱送進急速冷凍艙，等船艙滿載便駛進異國的港口；而朗朗晴日午後，我和玩伴在庭前蟬聲輪噪的黃槿樹下，玩著丟沙包或扮家家酒時，父親可能正在大西洋中隨著掀天惡浪載浮載沉，披著雨衣、踉蹌著腳步、勾著身子從船頭到船尾，勉強睜開被風雨吹迷的眼，將甲板上機械箱籠防水布綁縛得更牢靠些，精神緊繃地度過地獄一般又漆黑又溼冷的黯夜。

我的擔憂隔著遙遠的海陸而變得模糊焦距。

回憶小時候給父親寄家書，總是幾幀照片加上一捲錄音帶，四個小孩輪流報告：我是誰誰誰，讀幾年級，長多少公分，考試保持前茅，並保證會再更努力，末了實在想不出還可以說什麼，便唱幾支母親忙完一天的工作與家事後，在所有小孩上床臨睡前，喃喃輕唱的〈安平追想曲〉、〈青蚵仔嫂〉、〈補破網〉、〈港都夜雨〉……姊姊唱完換弟弟唱，無知地把悲苦的歌謠當成兒歌。最後錄音帶交給母親，接下來連著幾晚，在迷迷糊糊睡夢中，總有斷斷續續的按切錄音機鍵鈕聲，像縈繞不去的飛蚊，讓我輾轉不能安眠。我們從來不知道她對著錄音機傾吐了什麼。有一次我背著母親偷偷倒帶，聽聽母親究竟錄了什麼，結果大失所望。母親沒有稱讚我考試終於拿了第一名，只有說家裡都平安，自己在外一切要小心，接著是一大段錄音帶空轉的靜默……

直至上高中，才從地理課知道養殖漁業、沿岸、近海、遠洋捕撈，也知道赤道無風帶、颱風形成、黑潮、親潮、大西洋暖流、世界幾大漁場……不知為何，地理課所介紹的農業經濟永遠比海洋漁業來得詳細，我們可以得知遙遠的歐洲地中海型農業生產的小麥、大麥、橄欖、無花果、葡萄……知道南美洲的熱帶栽培業生產的咖啡、可可、油棕、橡膠……但是對於那片父親的拖網與繩釣漁船來回耕犁的汪洋海田，彷彿仍是人類經濟型態研究尚未開墾的荒原，記錄得絕少，生活上距離父親那樣遙遠，我也只能靠著這些粗淺的知識才能貼近父親的生活，在課本罕有的漁船圖片中，困難地回憶他身上洗不淨的油汙魚腥味。

父親一向木訥，寄回家的信沒有隻字半語，永遠只有照片，甚至連照片也不多。母親將所有照片整齊地排列在父親專屬的相簿上，那一幀幀照片背景多半是在船上穿著工作服，過長的頭髮被海風吹得凌亂，髒汙頭臉密布鬍碴，咧開嘴大笑，手上夾著一根菸；或者是在駕駛艙內，父親手握著船舵，被烈陽曬得炭紅的臉上在陰暗的光線下看不出表情，只有眼睛明亮如星光；也有端坐在甲板上，脖子上圈圍著一塊看不出原色沾著油汙的布，歪側著頭讓別人理髮，眼睛斜睨著鏡頭；也有父親手持細長魚刀跨坐大魚上，一副躊躇滿志……我懷疑父親是否曾經在意烙印在我們腦中的是怎樣的形象？這般不修邊幅該需要多少豪邁與自信。有一張特殊的照片，是父親從聖馬丁港口寄來，擁著一位豐滿體態棕亮膚色的女子開懷嘿笑。在那樣淳樸的年代，即使是夫妻拍照，也不會有任何親暱舉動，更何況勾肩搭背。我擔心地問母親，會不會吃醋？母親看出父親戲謔的詭計，只輕哼一聲。

我曾不明白那一句輕哼代表什麼意思，幾經人事後慢慢懂得，是粗礪的生活把父母親的敏感與猜想磨鈍，在彼此了解信任之後，轉而向對方開無傷大雅的玩笑。

已然習慣父親長期缺席，除了風雨交作的非常時刻我才會想起他，不習慣的，反而是他每隔一二甚或二三年才回家的日子。父親不知道如何和小孩相處，他可以在魚群大出時不眠不休加班，疲累到極點，完全無視一旁機械艙的震耳欲聾，一沾上床便酣然入眠，卻受不了回到家中睡覺時，我們在一旁忘情玩樂的喧鬧；可以和翻天覆地的狂浪風雨頑強作戰，卻受不了小孩陰晴不定的和好與爭執；他可以忍受海上的孤獨與思念，卻受不了妻小圍繞時的溫馨與繁瑣。隨著在岸上的日子越來越久，父親越來越煩躁，像離水的魚渴求一片寬闊海洋，魚身左旋右轉，尾鰭狂亂拍打橫掃，他挑剔母親，只要一個小孩犯錯便全部連坐，家中經常籠罩著蘊蓄雷電風雨的熱帶低氣壓，尤其在我們步入青春期時，這樣的衝突越形嚴重。父親不在的日子，母親給予我們絕對的自由，我們也相對地獨立與自律，雖然貪玩，卻也沒變成漁村裡終日結黨成群的野孩子。但一切在父親眼中卻仍覺得散漫，甚至怪罪母親過於放縱，於是處處干預家中早就形成的常軌與平衡。不知當時的父親有何想法？他割離親情，靠著勞力汗水青春，忍受在外的苦寂，默默撐起這個家，回到家中卻無可置喙之地，像個多餘的外來者，渾身彆扭不自在。

終於等到船公司召回已輪休幾個月的船員時，他毫無遲疑地打包幾件換洗衣物，背上藍白相間的帆布袋再次遠行，我彷彿可以聽到他離開陸地回到熟悉的搖晃不定船上時，長長吁吐了一口氣，我們也是。

考上台北的大學是輪到我離家的開始。正巧當時父親在家，他載著我及大小行李開夜車北上，趕赴白天的新生報到。一路上我睡睡醒醒，偶爾聞到父親搖下車窗抽菸，煙霧隨風灌竄進來的味道。車開進台北時已破曉，街道猶未完全甦醒，路燈在黑夜與白日的交替中還盡職地濛亮著。冷清的街道不知為何給我莫名的感傷，來到大都會是我企盼已久的，像一條原本躲藏在珊瑚毒刺絲胞保護下的幼魚長成了，便獨自展開冒險生活一般，我就要游入人海，前路水深波浪闊，我能否避開網羅暗流縱浪其間？父親見過大風大浪，連漁船觸礁下沉、棄船逃生獲救的險境都遇過，但是對於我將要獨自面對的未來，他還是無法陪伴，和往常一樣。父親顯然不曾意會到我離家的時刻竟然這麼快到來，不就幾次出海轉了幾回太平洋印度洋而已嗎？時光作手像變魔術般，在他每一次返家時秀出戲法，兒女更大了一些，妻子更老了一些。毫無心理準備的他越形木訥，我想母親如果在場，定會藉機和室友攀談，或許會叮嚀大家在外要彼此照顧，但父親只是沉默地幫我將行李大致歸位，又無言地陪著逛逛學校附近了解環境，最後臨走時，只口拙地叮嚀一句：「自己要小心。」

也許是從小獨立慣了，或者是來自父親的遺傳，自己在外生活並沒有想像中的困難與凶險。當我在偌大的台北盆地日夜穿梭，像優游大海的小魚般得其所哉，於是，我開始揣摩父親的心思，家與親情對父親而言似乎僅僅是偶爾的需要，只要足以支撐他在外冒險奮鬥時有個可以遙想的溫馨基地就夠了，他不喜歡黏膩的感覺，那會使他備受桎梏無法自由呼吸，以前祖父母就無法管束他逃學逃家，一旦自己有了家，上遠洋漁船似乎是很理所當然的蹺家方式，可以邊工作邊浪遊各大洲的港口。或者是，父親有稜有角的個性，使他無法適應陸地翻覆變化的人事風雲，海象的險惡至少是看得見的，可以選擇避開或迎對。

究竟是何種原因促使父親決定靠海為生，我從未向父親求證過，只是我也不知不覺中做了類似的舉動，選填了離家遠遠的大學就讀，畢業後也「不小心」找到北部的工作，工作幾年就順勢定居了下來，像洄游的魚，只在冬季夏季佳節依時序返鄉報到，補給足親情食糧，囤積在人海潛泳的能量。

海水的鹹苦與溼黏浸漬父親每一吋肌膚，轉而流淌在我的血液中，父親在海上討生活，恐懼水的我竟在成年後偶然的機緣下，克服心理障礙學會潛水，深入海平面下欣賞這爿生養我的海洋。說來慚愧，身為漁人子女，我只認得餐桌上的吳郭魚、虱目魚、白帶魚。從小生在旗津海邊，及長搬遷到茄萣，依然緊鄰大海，卻不曾學會游泳，最親近海的方式，頂多是捲起褲管踩踏一波波翻湧上岸的浪沫，因為漁村裡太多本地孩童或外來遊客戲水喪生的悲劇，母親已經牽懸一顆心在千百海里外，脆弱得不堪再割裂，於是下了禁令，不准私自去海邊。但是這禁令只有我和姊姊謹守，並且過分認真遵守而成了恐水的旱鴨子。而兩個弟弟倒是在母親不知情的時候，蒙老天爺的垂憐看護，大弟帶著小弟，偷偷練就浪裡嬉遊的本領。相較弟弟童年的遊歷，我蟄伏的冒險基因直到成年後才得以醒覺。學會潛水之後在海面下欣賞魚，和父親捕魚截然不同，父親所求的只是一家溫飽，而我則在溫飽成長之後開始謙卑俯首，欣賞與感激這片婆娑海洋。

因著潛水，每次回家時和退休寡言的父親有了話題，二人指認著魚類圖鑑，魚的俗名學名、大小習性、多寡價錢……我潛水所見色彩斑斕的熱帶魚，是父親眼中不小心捕獲的下雜魚，而父親主要捕撈的鮪魚旗魚卻是在珊瑚礁難得一見的洄游魚類，饒是如此，父親試圖讓我了解海上作業程序，以有限的字眼及手勢比畫形容這些魚類的特徵。有次還興沖沖開了一個多小時的車程，帶我去前鎮漁港看遠洋漁船卸貨，那一尾尾凍得霜白硬邦邦的魚，從船上勾卸下來砸地有聲，只見魚形，在分類學上細微的紋理鰭鱗特徵並不明顯。我有些失望，然而父親眼中又回復許久不見的神采，一一道說這是急速冷凍可以當沙西米的鮪魚、那是割了劍唇的旗魚……彷彿又回到海上漂泊的當年。

父親不時透露對潛水安全性的擔心，正如我小時候擔憂他一般。他說起有些潛水者受雇幫漁船刮除船底滋生過度影響船速的藤壺貝殼，長期下來，未到老年便有頭痛的毛病，而父親知道我本來就有偏頭痛的宿疾，他不只一次問及水壓及水溫是否影響頭痛更劇。我說，潛水時會戴上防寒的背心頭套來保暖。

父親知道阻擋不了我。

有時，當我乘坐小船往外海的潛點，遇到稍大的風浪便暈吐得胃液膽汁幾乎乾涸，渾身軟綿無力，就不禁想起父親從陸地到海上，是暈眩了多久、嘔吐了多久，才脫胎換骨成履風險如平地；有時，夜潛結束後，望著黑黯海上滿天垂照的熠耀星光，而當年，無數個海上的漫漫長夜，父親叼著被海風快速吹燃的菸，瞇著眼聽寂靜中一波波叩打船舷的細浪，心裡想的是什麼？當我在能見度低的海中茫然四顧，投射出的手電筒光束被一片乳白的浮游微粒返照回來，只能全心倚靠指北針與電腦錶尋回歸路，我想像父親的船被濃濃海霧圈擁，從船首見不到船尾，從甲板見不到水面船駛過後飛濺的白浪，讓慣於遠眺海天一線的父親在濃霧張起的白幕中，彷彿看到遙遠家中熟悉的大大小小身影，彼時是否也會響起一陣示警的汽笛，把他的思緒拉回後，兀自在父親耳際嗚嗚地迴盪。

有一次，在海中漫游，玩賞珊瑚礁熙來攘往的熱帶魚、搖曳的海葵，不經意抬頭，看見水面上作業的舢舨，船影隨浪起伏隱隱地觸動我，那是一種我從未想過的仰視父親的角度。

或許我從未真正了解父親，忽略父親年少時也曾有過流浪與漂泊的夢想，曾經擁有一股驀爾小島無法拘禁得住的奔放熱情，像所有年輕人一樣。幼年的我隱然以父親為偶像，炫耀地向玩伴展示父親收藏的大小貝殼，常不自覺吹噓父親的冒險與見聞，彷彿他不是勞苦工作的水手，而是英勇俠義的海盜。成年後的我雖然也嚮往曳航在浩瀚海天中的生活，終究也沒有如同父親那般豪情，經過一個又一個港口，每個短暫的終點都是另一個航程的起點，毫不戀棧勾留。

聽父親聊起衛星導航與航照未普及前，漁船須依循著航海圖、羅盤、太陽、星象在一片汪洋中航行，在東經西經幾度下網，南緯北緯幾度拋鉤，頗為新奇，一個只有地球刻度卻泯然無國界的遼闊海天似乎就鋪展在眼前。我能懂得放眼島外大千世界而不僅僅以俯視腳下這塊土地為自足，應該是從小開始，父親的船就載著我的想像與懸念越海渡洋。父親花大半輩子見識了海面有多寬廣，而今，是該輪到我往下試探大海的深淺了。

沉情二十五米

愛情海中處處潛伏險礁暗流。日子久了，越發悲觀，
我們其實不在同一艘船上，只是並航的兩葉扁舟……

即使多年以後，看到當時的自己在獨立礁石上無助地四下張望，拿著手電筒往周遭打訊號，試圖告知別人我所在之處。而沉寂的大海只回應我一片蒼茫，決絕。那時，恐懼、憤怒、擔心、失望……太多情緒交雜，腦中反常一片炸然煙霧。斯景斯情，仍熱烙在心中。

鏡頭中的我被包裹在一片濛濛幽藍的海水中，浮游物多，能見度不到十米，不停看看遠方有無另一群潛伴微弱氣泡的蹤跡，又不放心時時回過頭來，確認握著攝影機的教練還在專注拍攝珊瑚礁魚群，深怕最後一線希望也在大海中悄然棄我而去。

回想當時，一切發生得太突然，我們一隊七人來到陌生海域，躍下小船，由熟悉當地的導潛帶領，潛過一片孤寂的海中沙地，深入海中二十五米，抵達一處高約三四米，十來米長的獨立珊瑚礁。比起四周的荒涼枯瘠，這一座沙地中的孤島顯得繁華而恬靜，彷如水下的桃花源，魚群熙攘往來。所有人立刻四散，環繞著礁石，有人獵取鏡頭，有人觀賞景致，各取所需。我沉浸在眼前迷霧中的礁石，幻想自己如同外星來的巨人，俯瞰一座眾多水族賴以維生的小小星球，「偶開天眼覷凡塵」詩句浮上心頭，馳想是否有一雙天眼如此悲憫地看顧著眾生，也看顧著我。等到驚覺四周寧靜得不尋常，環顧前後上下，瞪紅了雙眼，不可置信，竟只剩下我孤伶伶一個人被遺忘在海中孤島，惶恐慌亂像蟻群迅即爬滿全身，腦門隨著急促心跳砰然轟響……

我倉皇浮升到礁石上方，發現教練在另一側正專注拍攝，心情才稍稍平復，呼吸才趨和緩。我相信，教練總有辦法帶我歸隊的。

逐漸平復後的第一個念頭便是：身為潛伴的你負責看顧潛水技術不純熟的我，深知我對水極度恐懼，雖然勉強學會潛水，但只要面鏡稍微進水就驚惶不安，你，何時會發現我落單？

我悲觀的把你的疏忽當成是否在乎我的證明，心中一陣淒然。眼前忽左忽右歡游的魚群，海扇如掌紋密織的巨手從礁石上橫伸而出，上頭攀附著隨海流舞動的海百合，在海綿及珊瑚上細細啃齧的海蛞蝓……這一切，你我都貪看得渾然忘我，也忘記對方。我信任你會在目不暇給的景色中，偶一回頭注意我的動靜，因此放心觀察小丑魚因為我的靠近而踟躇不安在共生的海葵中來回泳動。而你呢，是否也「相信」我因極度沒有安全感，不敢離你太遠，眼光定會牢牢追尋著你？你我的默契與信任在此刻出現差錯。

不知道身為女性要求多一點的關照是否也算弱者的心態？你常笑我，在對自己有利的時候高喊兩性平權，而不想負責任時，卻要賴擺出小女子姿態，便宜佔盡。這原是不該說破的，我私心以為對另一個人的縱容是愛的表現，你又何須擔心我會得寸進尺，索求無度？受你點滴，如果可能，我願意報以滔滔整片海洋。

曾經聽聞過的潛水故事中，有人儘管自己在水下三十五米深，因為水壓過大，體內氮氣累積過多，已呈現如醉酒般意識逐漸模糊的氮醉，還是很警覺地憑著意志力（或者是愛？），把狀況更嚴重的女友拖出水面急救。而，你曾說過，如果海況惡劣，每個人都自身難保，我得學會自救，不要奢望教練或者你能抽身救我。我知道把希望寄託在別人身上是愚蠢的事，多半只會換回失望。但是，你不是「別人」。我當然不想成為任何人的負擔，也不會因為任何人的保證而鬆懈該努力學習的功課，只是，當一切假設的情況尚未發生，聽到你先打預防針似地為自己開脫，頓時感覺心中如一股深海寂然流淌的冷泉，很黑暗，很孤寒。不明白為何連一點點濃情蜜意的體貼，你都吝於給我，我該慶幸你不會虛情假意嗎？至少，你沒有矇騙我許久，等到大難臨頭時，才對我搖搖頭說：抱歉！你只能自己救自己。

　　而我果真和身為潛伴的你失散，和導潛所帶領的其他團員失散，若不是教練還在，我懷疑當時接著會有何不智的舉動：會驚惶失措，以致忘記該安全減壓緩慢上升，卻貿然直衝海面？會不顧一切狂亂尋找你們，反而失去方向越離越遠，越潛越深？會留在原處耗盡最後一口氣苦苦等候你返回？會……？在潛水課程紙上談兵測驗時，我背誦如流：停想策動，停止目前進行的動作、思考面臨的問題是什麼、提出應變策略、開始行動……但在急難真正到來時，我卻不知道自己該如何以對。就像當初，在教堂神父的福證下，我們不也一一應允，願意不管貧困疾病都會同舟共濟，不離不棄，照顧對方一直到白頭？這道當時只要一聲允諾的是非題，真正踏進婚姻之後，才知道那是難解的、甚或是無能解的、永遠也回答不完的證明題。愛情海中處處潛伏險礁暗流。日子久了，越發悲觀，我們其實不在同一艘船上，只是並航的兩葉扁舟，大限來時，或許綰繫舟子的纜繩就要鬆開，從此，各自隨海流風向開往各自的海角天涯。

我只能自己救自己？你真的不會回頭嗎？

我的心像扎了火海膽的毒辣針刺，陣陣抽痛。連先前覺得在海流中婆娑生姿的軟珊瑚、海百合，這時看起來竟然像群魔的千手亂舞，是她妖惑了我們的眼，玩弄你我之間薄弱的信任，我們都沒有錯，錯的都是令人眼花目盲的繽紛五色。

不管在陸地或海洋，我們一直都是潛伴。之所以能優游人海，是因為速度相當方向接近，微風細浪在所不免，幸運的是沒有狂風惡浪來考驗我們，我並沒有樂觀地以為此生將是如此平順比肩並潛，反而對未到來的真正考驗感到不安。算來我該感激的，生活一向風靜浪平，讓我們不必顯露人性的黑暗面，不必去發現隱藏的懦弱與武裝的脆弱。但是，因為長久隱藏與武裝，遂忘記自己是需要外殼保護的軟體動物，兀自以為是光明而堅定的人了。

眼前這一刻算不算考驗？

自憐的情緒很快就消褪，代之而起的是憂慮：你是否會為我而返？是否揣摩我的心，知道我的恐懼與盼望？是否自覺玩心過重，未盡潛伴之責，辜負我對你的信任？還是擔心我過於慌亂、置自己於危險之地，所以你決定返回？你也只比我早半年學潛水，假若獨自回頭，有足夠能力憑著指北針循原路找到我嗎？我有教練可以倚靠，而你，若莽撞獨自行動，萬一失去方向，將面臨莫大危險。我不敢再往下想……

越想克制意念，意念越像急促的呼吸氣泡，不住地咕嚕咕嚕翻騰上湧，一方面希望你不要返回，一方面又矛盾地希望在迷濛的海中看到你的身影由模糊而漸漸清晰。所以，我一會兒祝禱你不要貿然回頭，又掩不住失望你沒出現，上帝看在眼中，也會對我的口是心非無奈吧！

當我不自憐，對你的擔憂更甚於我自己時，我只能自我安慰，以你的個性是不會冒險回頭的，而且你知道還有教練和我在一起，憑教練的經驗，即使在陌生環境，也能從容應變，安全無虞，據此推論，你應不會回返，也該是安全的。

之後，我又為自己一連串的憂慮感到委屈了，被遺忘的可是我啊！

這一定是海中二十五米的水壓造成的思緒紊亂、人格矛盾！

一起學潛水以來，別人挺羨慕我們像一對神仙眷屬的蝶魚優游海中世界，尤其剛開始，我無法自制地浮升或下沉，總要時時牽著你的手才能穩定，減卻對海的恐懼與驚惶，所以出現許多羨煞他人的攜手漫游海中的鏡頭。然而，當我越了解海中生物習性，才知道絢麗斑斕的蝶魚並不是最好的愛情象徵，牠們雖是同進共出覓食，一邊啄食一邊為對方警戒天敵，卻是極不專情。掠食者眈眈環伺，極易遭遇凶險，獨存的蝶魚會另覓伴侶。而在環境艱困的情況下，基因的延續變成唯一目的，失去伴侶的蝶魚在無可選擇時，即使不同種類也能將就配對，書上記載，蝶魚是海中世界雜交種類最多的。如此機會主義的魚，不該被資深潛水者拿來稱喻他人或自己。如果需要比擬，我倒願意比擬成海豚，牠們的慧黠與重情義向來著名，成群一起在陽光下追逐騰躍，咂嘴嘯談，也一起擱淺在海灘上，奄奄喘息。或者，我也願比方作片利共生的魟魚與鮣魚，魟魚像海中的大鵬鳥，優雅拍翅逆流盤旋，一舉千里，而鮣魚緊緊吸附搭順風車，於是也能飽飫各色風光，到達那單憑自己的力量與惰性，無論如何也到達不了的豐富獵場。極端恐懼水的我，因為緊緊攀附著你，於是我也能跨越障礙，和你在廣袤的水域中悠游。

拿出手電筒旋亮，我不確定你們往哪個方向走，只能東張西望，試圖給你一點光芒，一點指引，如果你正焦急往回走的話。所以，不知何時，教練的攝影機已拉長鏡頭轉向珊瑚礁另一側被魚群環繞的我，便留下這一幕心神不定、徬徨四顧的模樣，只是，鏡頭收攝不到我當時眼眶中盈盈打轉的水珠。

教練結束拍攝後便示意我跟著他，一起往礁石右側踢去，一邊慢慢浮升減壓。體溫在水中散失得忒快，寒意令我冷顫不已，雙手環抱胸前亦步亦趨跟著教練，綁繫的髮圈不知何時已脫落，四散的長髮就在似無重力的海中漂浮。我想，此刻嘴唇應該也是青紫得嚇人，我像一縷被棄絕的無主孤魂在茫霧中，漂游。

至十米多時，終於浮現一團人影，是你們！急切中認出你的形影，於是，我終於放心了。

導潛等大家會合後，比畫出結束潛水，到五米深做三分鐘安全停留的手勢。我看到你的眼神閃爍著赧然歉意。

浮升到水面上，教練一扯下面鏡便開玩笑啐你：「你這潛伴怎麼當的？」

你訥訥分辯，過於專注欣賞風景，導潛帶著大家走你便跟著，能見度不好，以為我也跟上了，直到後來清點人數才發現。導潛看到隊員失散，為安全起見便立刻結束潛水，也不容你回頭找人。

先前，從幽黯中潛游而過，海面上刺眼的瀲灩波光讓人一時無法適應，烈陽正一點一滴將我失溫的身體暖熱起來。我知道，你的眼神彼時是緊緊挨黏著我了，但我迴避開，不知道是出於倔強，或膽怯，深怕心中的一些什麼會悄然崩解。當時，我心中的起承轉合沒告訴你，後來，也一直沒說，就讓它留在二十五米深的海底。

那如果是一場考驗，我們對彼此能力及判斷力的信任通過檢驗，而，肯為對方不顧一切違反理智的浪漫情懷，被判出局。

我們都假裝這件事已經過去，彷彿所有的曲曲折折都被時間所熨平，還是一起潛水，一樣生活。除了，當我獨自欣賞這段你不願重看的潛水錄影，發現記憶其實還滾燙著，蒸氣氤氳依舊，未曾冷卻無痕。

往常，我仗恃著你對我的寬容，在愛情中我並沒有隨著歲月而成長，在職場上我可以積極，可以獨當一面，卻在婚姻生活中保持一貫的愚騃，被動，像極了故意行為退化幼稚以需索關愛的小孩。現在想來，你要我獨立，自己救自己，經歷過這種種，以及之後的幾年，周遭的人不管年長或正青春芳華，陸續傳出罹患惡疾的消息，你的話也許會變成一種先見之明。處在這惶惶不確定的年代，終究我們也會變成孤單一人，而另一個確定是不會回頭了，屆時，長久習慣潛伴的存在之後，垂老卻必須獨自面對未來的恐懼、悽惶、絕望、哀傷……密密匝匝的網羅，這一切只有靠自己掙脫，所以，有必要在多情的時候先練習無情。

就從二十五米深的海底開始……

沉船，之後……

我知道，它等待著寂寞被譯寫成文字，傳閱給不曾深潛寂寞的人。

海中世界如此繁華，而我卻喜歡那一艘艘靜謐歪斜在海底的沉船，晴，這也許是我遠離妳那樣的年紀，不再閃爍好奇的眼瞳去追問所有的事：「接下來呢？」我已經走到了會去翻檢歷史的殘骸，看看在時間的摧枯拉朽之下，究竟還遺留什麼的年齡。

所以，我的眼光只固著現在，把鉤著揣想的餌線拋向更早以前，當我轉動線軸，究竟會拉回什麼?我也沒有把握。

我背著氣瓶躍入海中，拜訪這一艘沉船。聽說早年標示它所在位置的浮球在水面上，幾次綁縛又幾次被剪斷，綁縛的人為方便在一片汪洋中標誌位置，剪斷的人為了把沉船據為己有，只容自己私密探訪。也有人將它視為漁獵園囿，時不時便下海放槍，網了漁獲上岸烹煮。就這樣幾次交手往來，最後拍案形成水下浮球的局面。茫茫大海中，潛水領隊只能參考遠處陸地景物訂出座標，依著心中的經緯度與羅盤尋探，所以外地來的潛者乘興而來卻無功而返的時有所聞。還好海水經常是清澈透亮，能見度二三十米，有經驗的領隊認出大致的方位，可以從船上直接看到水下六七米的浮球。我的到訪是在一切的較勁都休兵之後，沉船已成公開的潛點，而被打魚者看上眼的獵物都早已落入老饕的胃囊，浮球遂得以重現在藍天碧海上。我想，晴，如果我們所有的過往都像沉船有滾圓的浮球可以依循著，輕易地穿越下潛，我們是不是就不用苦苦挖掘層疊積累硬如化石的記憶？常常，記憶發出「空！空！」的悶響，在我們磨出厚繭的雙手上迴盪。

小船綁縛在浮球的潛降繩後，和我同來的夥伴依序下水，此處海流強勁，緊抓著繩索，潛者被海流衝擊得如一面面風中飄揚的人形旗幟，繼續下潛十七八米，一團巨大模糊身影漸漸現形，等到完全看清形象時，就看見它那樣歪斜著，似乎偏著頭，疑惑地向我探問：「是你嗎？」

海面上儘管陽光瀲灩，潛至三十米深，所有白光被水吞噬了紅橙黃綠，只剩藍靛紫，彷如夏夜六七點的濛昧天色，街景剪影都籠罩在夜幕沉降前的一片藍調。

它那樣身子歪斜，頹然的姿勢已經維持幾十年，籠罩一層似教堂彩繪玻璃散射的幽藍。我知道，它等候我許久……

我知道，它等待著寂寞被譯寫成文字，傳閱給不曾深潛寂寞的人。看到繁華珊瑚礁生物熙來攘往有數大壯美的感動，可是看到一艘因海難而沉沒的船，令我渾身疙瘩地感傷，眼睛在面鏡中酸澀淫濡起來。

偌大的船身斷成三截，半掩沒在海沙中，不知為何，我總覺得沙地上零散四處的船殼零件是它不為人知的心碎，片片剝落。洋流潮汐日日夜夜將它搬挪位置，攲斜、彎頹、沉埋，一段歲月之後又顯露。那停泊過多少港口的錨，最後一站是來不及下碇了，垂掛在纜繩末端，密密覆蓋褐紅綠色的藻類。船錨成了斷柄的箭頭指向海底，那是它再也到達不了的目的地。而曾經帶著它遊走三大洋五大洲的螺旋槳，和引領船左旋右轉輕巧繞過海中暗礁的船舵，也綴滿令人沮喪的鏽斑與扇貝藻類，再也拋甩不掉。

我帶妳遊逛這艘沉船，用我的心境來述說，也許多年後妳會懂得，端詳一艘沉船不適合用冒險的心情，要用哀悼。妳可以看到甲板上欄杆斷折破殘，一級級船梯空懸著，無復昔日船員往來蹬踏時的光澤滑溜。船身曾經簇亮耀眼的鋼鐵也被時間磨蝕，覆蓋層層沉積物，變得粗礪嶙峋。從船身橫生出來的紅色海扇彷彿是它那掌紋交錯的手，似要攔阻迅疾流年，而時間洋流卻依然從指縫倏倏穿隙而過，讓它的手勢從原本的攔阻看起來更像是沒有回應的乞討。不僅僅如此，歲月吝嗇於施捨，卻又殘酷地丟擲妳我急於擺脫的東西，比如，加諸我們身上時間的皺褶與斑斑點點。所以，收束了觸手的圓管星珊瑚與閉合的扇貝，讓老邁的船身如同長了坑坑疤疤的腫瘤，凹凸不平。擬態的石狗公、瞻星魚就像古墳中的魑魅，趴伏在腫瘤中，伺機而動。晴，所以妳懂了嗎？為什麼是哀悼。

船外，成群青綠色的烏尾冬迎逆著海流擺動黃色尾鰭，一邊依循著聽不見的旋律節奏忽東忽西洄游，一邊覷眼我的行動。燕魚張揚著如蝙蝠雙翅的黑鰭，和我打了照面後便反身悄然地划掠而過。眼前的烏尾冬和燕魚，彷彿陸地上已公園化的墓地中蹦跳的鳥雀與蟲豸，在寧靜的死亡面前顯得很喧嚣。我探入沉船頹圮的城池荒塚，緬懷興亡滄桑。曾為全船權力中心的駕駛艙，此時已無能指揮什麼，只能任憑各式的軟珊瑚盤據。晴，我們都會有這麼無能為力的時刻，屆時，我們將在什麼角度，仰視或俯看自己曾經暫居的軀殼？此際，讓我們練習，檢視必然的未來吧。

用俯視，看見陽光幽微的海底，缺乏共生藻行光合作用、供給養分的珊瑚，必須自行覓食，牠們是習慣自立求生的族群，即使不在海底沉船，也在珊瑚礁背光的崖壁、槽溝與洞穴，橫生或倒懸，以奢華豔麗來裝飾幽暗寂靜。於是，駕駛艙窗口周遭便可見叢簇的棘穗軟珊瑚如灌木叢，骨針密密交織、半透明的枝幹上頂著鮮豔的紫色紅色白色頭冠，翕張的觸手如嘉年華會五光十色的花車，只是，這裡只有軟珊瑚孤獨地熱鬧著，沒有夾道彩帶的紛飛與錦麗，沒有人群喝采的掌聲，只有鬼魅的寂靜，只有沙塵與浮游生物如斜飛雪花，細細飄灑在我和沉船之間。

晴，我們再從船身破洞中潛入，除了呼吸咕嚕咕嚕的氣泡聲外，原是靜謐的潛水活動，進入沉船後更是肅穆。狹仄的船身已腐朽積塵，禁不起碰撞搧動，揚起的塵霧會久久不散，讓人迷失出口，即使洞口近在咫尺，仍會造成另一場悲劇。於是，我們要勾著腳，踢蛙鞋的幅度變小，避開崩塌的板柱，行動變慢，越發敬慎虔誠。艙內部一片廢墟，所有可以被潛水者順手帶走當紀念品的小物件，皆已消失殆盡，像我們的血肉在埋葬後被地底的蟲蛆啃食，無奈地裸露我們沒有遮覆的骸骨，翕張的齒列像是咳笑，又像是無聲地一句長嘆，唉……

舉燈探照，小小玻璃魚在燈光的照明下，閃耀如仙女棒的火花，光束指揮到哪裡，便隨之將人團團晶亮包圍。偶然抬頭一看，呼出的氣泡全集結在頭頂船板，像浮貼在天花板的水銀，連成一面水鏡，映著我瞻仰的身影。但，晴，那也許不是我的倒影，是船幻化成我的影像，和我靈犀對望。水鏡集結越來越大，最後趁隙鑽出船板裂縫，迫不及待升騰而上，形成一縷縷細密氣泡，彷如沉船悠悠吞吐噫氣，哀傷如此綿長。

傳說曾經有一隻大石斑守護著它，一向領域性強、凶猛的石斑，像沉默而警戒的保鑣，躲在艙中陰暗的角落，被潛水員打擾時，便不情願地擺動尾鰭，倨傲地往另一僻靜處去。但就像所有台灣潛點的海鰻、龍蝦、石斑的命運，多少年與多少人的珍惜呵護，都抵不過一張喜歡嘗鮮的嘴，牠終究淪為魚槍下的冤魂。所以潛水起步較晚的人如我，就永遠在前輩的轉述口中，幻想那一幅幅曾經如澳洲大堡礁、如帛琉的台灣海底，及船的種種傳說。晴，所有的傳說故事會被用什麼樣的口吻道出呢？如果，得到一絲悲憫需要悲壯或悲慘的遭遇來換取，我們要嗎？

他們說這艘船是一艘韓國籍載運原木的貨船，在接近此處時，因為機械故障而逐漸傾斜，海水趁隙洶湧而入，淹漫船艙、甬道，雜沓的腳步人聲，呼喊彼落此起，隨著船傾斜的角度加大，海浪更加瘋狂撕扯船身。船長緊急下令棄船，所有登上小艇或落海的船員被當地人營救起來，幸運地無人傷亡，只除了它。二三十年來，它那蒼老的容顏在時間作手的漂洗下逐漸鏽腐佝僂，成為一場海難後眾人記憶中的一抹水紋，漸漸平靜，無痕。

寂寂船艙中，我躁急的呼吸聲轉成了一股股幽邃的嘆息。它是否曾經在眾人的遺忘中絕望痛哭過？我猜想，歷歷往事是否如日月潮汐在它的回憶裡拍打漲落？鳴著汽笛閃耀著簇新的髹漆展開的處女航程、海面上曾經激起如蓬白紗裙的翻飛浪花、船行過後久久不散的漣漪、航海圖上越渡的經緯線、迂迴避開的無人島嶼和暗礁、永遠橫亙在遠方引逗的地平線、黑暗的海面上熠耀的一天星月、孤寂中曾經相伴一段的鷗鳥與鯨豚、暴風雨中幾欲撕裂船身的驚濤駭浪、啟碇與靠岸的聚散離合……當記憶依然在深海裡澎湃，殘軀卻在海鹽浸漬摩挲下一點一點朽蝕。

朽蝕凹塌的船板卻讓海底生物找到可以嵌進縫隙的立足點。

隱隱約約浮現新的念頭驅逐我原先的哀嘆。時間顯然並未靜止在船沉沒的那一刻，而是吞噬船，再以浩淼的空間包容後，繼續往前推移。一具具散落全世界海底沉睡的船隻不全是死寂的遺骸，它們似乎都輪迴轉世，成了孃美珊瑚礁的遺世而獨立的樂園，吸引珊瑚礁生物移民來此生養，穴居的動物更不會錯過這樣隱蔽便利的巢穴，沉船尤其是潛水員鍾愛的探險景點。晴，妳知道嗎？所有生命都是機會主義者，就像森林中一株倒地枯木，苔蘚地衣會在剝落枯敗上先鋪設一層綠色生機，進而白蟻開始築巢，彩色蕈菇撐起一柄柄豔麗小傘。由生產者吸引一級消費者二級消費者……慢慢由死亡中展開另一段生命的輪迴。而沉船則把僵直已久的身骸捐獻出來，讓甫出生即漂游茫茫大海的珊瑚、海綿、海葵等的精卵胞有落腳處，孵育生長，牠們在船的墳塋上先披荊斬棘築起城池，接著其他幼魚成群來此尋求庇護，隨之而來覓食的蝶魚、獅子魚、�ީ魚、石斑……陸續進駐，行動緩慢的海蛞蝓不知如何神祕地經過長途跋涉，終於也抵達這新的殖民地。晴，妳會像我一樣訝然發現，船曾經在海難中死去，卻在一批又一批的海中移民遷居下，儼然重生。

其實，珊瑚礁上看似熱鬧的生命也僅僅在表面一層的繁華榮錦，底下是堆疊千萬年來珊瑚的石灰質骨骼、珊瑚藻、苔蘚蟲、貝類的屍骨，生命都是踏在時間堆疊的屍骨上，一層層建構演化的階梯往上爬。進駐在船身上的生物看來和珊瑚礁無多大的差異，僅僅因為它是艘沉船，牽涉人類的災難與生死，一切蓬勃的生機便讓人質疑，在我眼中顯得不相襯，沒有所預期的愁苦、哀傷、死寂的氛圍，只見生趣盎然的小魚穿梭。我原先揣想，會在沉船上看到陰暗岑寂的死亡，但此刻，它正展現比航行水面時還喧騰繽紛的生命力。彷彿歷來所有海難亡者的魂魄都化為豔麗的雀鯛蝶魚縈迴船中，逡巡在曾經是甲板、駕駛艙、狹仄的寢房、冷凍艙、機械室中，戀戀不肯遠離。

縈繞在船身上的死亡況味是多久才消散、遺忘、質變？我總以為死亡就是過去式，是一頁無人翻閱的歷史，悲悼過後，漸漸會在存活者不可靠的記憶中淡出。並且在所有的記憶體也隨之死亡後，再一次真正死透。尤其是平凡的，芸芸眾生。記得嗎？晴，妳曾有一次翻閱族譜，那一長串縱的、橫的名字，妳只認識妳的父祖叔伯兄弟，其餘的只是符號，但是這些符號又真真確確曾經在這塊土地上貪嗔癡怨過，而妳，彼時尚未來到這世界，現今族譜上也不能記載妳的名，多年後的妳，將比一個符號還縹緲，虛無？

不瞞妳說，晴，這種縹緲與虛無一直出現在我的夢境，我是如此貪戀生命，遠離任何暗藏危機、遠離可能牴觸生命原欲的活動。卻也一直無法遏止自己為想像中的死亡下定義：死亡是永恆的結束、消失、是絕情、絕望、是灰敗、是割離。死亡是五蘊皆空。而活著的人真的存在嗎？我遍尋不著答案。沒有想到只須克服下水的恐懼，踏出自設的藩籬，答案就躺在那裡。沉船教我學會：死亡只是一場夢，在此處沉沉入睡，在彼處酣然醒來……

所有緊緊吸附在船身上或盤縈周遭的生物，想來從不曾懷疑生死存在的問題，牠們只是在幽暗中努力爭取一點點陽光、一點點生存的空間，卻能活得如此令人讚嘆。把死亡變得美好的水下世界，海中生物迫不及待以歡慶的方式來消除死亡的顏色、死亡的陰影，和毀滅後的死寂。從死亡中重生，這是死亡的另一種形式，所有的死寂是另一段繁華的醞釀與登場。

原以為被囚禁在冰冷幽闇海底的沉船是寂寞的，只能永無止境任海流一點一點淘洗船身與生命，一層一層包裹沙塵與空虛。現在恍然領悟，在最後一刻來臨之前，它偏斜著頭，那姿勢非關蒼涼，是藹然看護懷中安居優游的眾生，在眾生的仰賴中尋回陽光下曾經的過往。

所以，晴，我可能錯了。當妳我在翻閱歷史、翻閱族譜時，所有的祖先亡靈應該就圍繞在妳我看不見的四周，睇視我們指尖輕輕劃過一串串符號而顫抖著。哦，錯了！那不再是無意義的符號，而是億萬年來演化的基因鎖鏈，串聯。妳緊緊和宇宙無數的生命環扣，不再虛無，縹緲。

來去水世界

成則海闊天空，敗則此後只能望洋興嘆，被禁足在地球百分之三十的陸地上，與另外百分之七十的海洋絕緣。

那年暑假，M和好友去學潛水，回來在我面前炫耀，我不為所動。直到有次跟著到海邊，看他們手忙腳亂組裝氣瓶、穿戴防寒衣、面鏡、蛙鞋，一群平時拘謹嚴肅的人，那一刻卻像初試春江水暖的雛鴨聒噪不休。等到他們下水，我套上救生衣在岸邊浮潛，沒有先前的喧鬧，只有海風習習與海浪的輕聲細語，我的身體隨著一波波細浪微晃著，俯視水中穿梭在腳邊的藍綠色小魚，似乎是M口中所稱的雀鯛，突然覺得他們像是踏入異次元探險去，只留下我在原來的世界等待，沒來由的寂寞像海水浸透了我。

後來M去了蘭嶼一趟回來，說能見度五十米，清澈見底，像飄浮在空中，在開元港跳水，海中的魚群、珊瑚礁、沉船、園鰻、海扇、強流……最後加上一句：「不親眼看，很難想像。」

的確，我只知道被拋棄在陸地的寂寞，難以想像被稱為內太空的海中世界，應該不只是像特大的水族缸吧？此後我都將被摒棄在陸地上，寂寞看海？

我把寂寞與恐懼放在心中的天平秤量，天平左右搖擺。想起高中游泳課痛苦往事，天平往恐懼的一頭嚴重傾斜。念頭一轉，海中陌生的世界可以為生活增添色彩，天平又往另一頭拉回。我開始懷疑：以往的嗆水經驗雖然可怕，但自己是否也在不知不覺中，把這創傷層層包裹，也許那只是一團看似巨大實則鬆軟的泡棉，保護著我的傷口，以現在的年齡重新面對以前的恐懼經驗，撕開一層層泡棉後，或許會發現中心所包裹的不過是一粒沙。當初溺水是我遠離泳池、遠離海洋的理由，現在潛水也可以是我面對自己、克服恐懼的驅力。

可以嗎？成則海闊天空，敗則此後只能望洋興嘆，被禁足在地球百分之三十的陸地上，與另外百分之七十的海洋絕緣。

遲疑許久，加上M的慫恿，終於下定決心學潛水。

在潛水店和另四名學員一起上課，我認真抄錄筆記，想降低因為無知而引起的恐懼，只是，所有的知，在化為行動時，力量會不會薄弱得不堪一擊？

室內課結束，轉移陣地到泳池。路上M先幫我複習，一邊心理建設，建構一些美好的前景。我知道，在每一個恐懼的當下，「未來」往往是最好的迷幻藥，不管想像中的美好未來會不會真正來到，至少痛苦的當下會過去，而且，這次我想誠實掀開覆蓋在傷口上的包紮，看看有什麼疤痕，痛不痛？

到泳池邊，五個學員面對教練一字排開，地上攤放著裝備，教練邊說邊示範。還未下水，我的心已經砰砰砰擂響開來，滿耳只有如戰鼓的心跳。學員依序練習，輪到我操作時，卻頻頻出錯，這些差錯在岸上頂多造成昂貴的設備報廢，如果下了水可能危及生命。重複練習幾次，好不容易才記牢。在潛伴的協助下，穿戴二十多公斤的裝備，蹣跚走向泳池，感覺心情比裝備更沉重些。

先在一般淺池中下潛，我深吸幾口氣，企圖安撫猛烈的心跳。然後緩緩在池底跪下，五個人圍成半圓面對教練，教練比手勢問大家是否ＯＫ，我一邊和浮力作戰，一邊回應，事實上，一點也不ＯＫ。我「知道」在水中只要有一口氣在，剩下的就需要放鬆，千萬不要和水抵抗，越掙扎越不穩定。但是教我如何放鬆？我可是連最基本的水母漂都不敢的，如何自在放鬆？

於是不自覺地掙扎著，身體搖晃得厲害，或許旁人以為我是在驅趕想像中的神魔。而我對自己做不好一個簡單動作而生氣，對淪為別人眼中的滑稽舉止而生氣，諷刺的是，憤怒反而使我的恐懼消褪不少，我靜下來問自己，這場荒謬還要持續多久？當這樣自問時，手腳的掙扎停下來，雖然是以一種可笑的姿態攲斜在池底，但至少停下來了。為了Ｍ所描繪的遠景：「一起遨遊海底世界」，我忍著不適與恐懼，努力迎向一關關的考驗。

終於捱到中午休息時間，Ｍ過來詢問狀況，說我的臉色蒼白嘴唇青紫。

也許是我的勇氣指數降到警戒線的意思吧。接過M遞過來的飯盒，全無食欲，滿口都是苦鹹。

教練又過來召集學員，解說下午課程移到四米深池練習。我越來越心沉，盤算著最糟的狀況，在淺池只要手搆得到池邊、腳踏得著池底，可以勉強混過，但是在深池腳完全懸空，一有狀況如何掙扎出水面？

我抓住池邊練習各項動作，不管別人是否已經把泳池當成海底般遊逛，我依自己的節奏，越不和別人競賽會越悠游，當一個落後者反而有額外的餘裕和從容。

教練站在池邊一一指點學員，然後蹲下身，問我是否可以放手試著離開池邊。我只好咬緊呼吸管，鬆開手，沿著池邊踢水，從東到西，再抓住池邊站起來，驚訝自己竟然可以鬆手，教練看著：「是吧！沒想像中困難。」這算是鼓勵的話，但我聽著卻不由得聯想起高中上游泳課時，體育老師看著我精神緊繃，沒有拋過來一片鼓勵的浮木，反而訕笑，讓我差點滅頂在她的譏諷中。

教練集合眾人，移至深池邊進行著輕裝邁步入水。看似輕易的動作對我而言卻艱困異常，看到學員一個個站上池邊，毫不猶豫便撲通下水，捱到最後只剩我一個孤立池邊，教練雖然極力保證防寒衣有浮力，一定能浮出水面，我仍不放心。他一聲聲催促中透露著不耐，只是三四公尺高度而已，我卻彷如被強逼跳下萬丈深淵。他看看池中等待的學員，最後決定放棄驚怖呆立的我，領著其他學員繼續下一個訓練。我被冷落在池邊，終究敵不過內心的恐懼，動彈不得。

「我放棄！」混著恐懼、惱怒、沮喪的狂潮向我捲來。

M在我與教練僵持時從休息區來到我身邊，安慰著說，等心理準備好後再試吧。

此後幾天，我只要一閉起眼，泳池的一幕幕便在腦中搖盪，反射著夏季中莫名的寒光。

就這樣了嗎？我問自己，M也問我。

哪能就讓它這樣！離開那場合，感覺自己的膽量似乎大了些。沉澱幾日之後，我想：跳與不跳，這問題已不只關係能否躍入另一個世界漫遊，還關係著我一直不敢面對的內心更幽深的黑暗。

「換教練吧！」M提議，「一對一教學也許有轉機。」

M事先告知新教練我的狀況，讓他有心理準備，也許M描述得過於誇張了些，他以為他得訓練一隻怕水的貓。但也因此，教練特意放慢步調，耐性等待我心理準備好才進行每一項練習。在緩慢節奏中，我漸漸產生信任，即使不相信自己的能力，也相信不管發生什麼狀況，他都可以幫我排解，不致讓我陷入險境，所以不再有第一次接觸的陌生與驚怖。

中午，三人邊吃飯邊聊天，我雖然泡水太久，臉色發白嘴唇青紫飢腸轆轆，想著即將面臨的未知成敗，卻一點胃口都沒有。教練以原先所接收的訊息來檢視我的學習進度，覺得我還滿「資優」的，沒有絲毫障礙，他鼓勵我不要自我設限，會激發意想不到的潛能。我唯唯稱是，我也不想一直背負著恐水的沉重包袱，但是怎麼卸下？

用過餐，教練播放他在國內外潛水所拍攝的影片，看得我心往神馳，原來水下一片花團錦簇，不輸陸地景觀。如果我成功，將可悠游其中，教練對我誘之以利，比M所畫的空中樓閣具體多了，原來M描述不清的景象是這般天地，或許當初是M沒有給我足夠的動機放手一搏。

接下來的發展有點意外，教練並未要我著輕裝邁步下水，而是直接穿著重裝，咬著二級頭跳水，這樣即使一時無法浮上來，仍有口中氣源不怕嗆水。於是我站上池緣，發著冷顫默念勵志咒語：破釜沉舟、置之死地而後生，底下有五彩軟珊瑚一舒一放、魚蝦蟹貝一張一合召喚……終於，閉著眼屏住呼吸往下一跳，浮出水面後，池邊響起掌聲。

跨出蹣跚的第一步，接下來就不再舉步維艱，擔心懼怕仍存在，但是隨著一次次下水、到東北角結訓、出國到印尼美娜多……恐懼漸漸褪去，不知道是因為持續太久而麻木了感覺？或者因為密集下水而稀釋了恐懼的濃度？還是我已經跨越了恐懼欄檻？或者，恐懼本來就是不堪一擊的龐然假象？同時我也擔心：它會不會是一種可逆的心理反應，我只是暫時擺脫而已？

究竟，我在大開眼界之後，渾然不覺地解開恐懼的枷鎖，釋放自己，知道什麼是真正的「海闊」。雖然我仍不會游泳，但是我沒錯過海中的精采，這關卡到底跨過了沒有？我不確定，只是改變自己習慣的想法：以往，我總要一步有一步的經營，走自己能勝任的路，試圖克服所有橫亙眼前的阻礙，克服不了的，只好選擇放棄，為此，不知不覺錯過了人生極致的風景。但隨著潛水經驗越來越豐富，湛藍的深海慢慢教我一些道理：眼前的巨山越不過就別攀登了，也別想用赤手空拳去鑽去搬，琢磨幾眼後，我不停留原地，也不折返，我繞道，因為我知道何處是終極目的地，那裡，浩瀚汪洋正在陽光下閃耀著瀲灩波光。

海中婚禮

她想，如果儀式結束後，有海豚充當她倆的坐騎，一雄一雌載著他們離開，就更完美無缺了。

覓覓一直想要有個特別的婚禮。

拖曳著公主般的白紗長禮服，手持馨香的新娘捧花，緩緩穿越有五彩氣球、繽紛花葉裝飾的長長紅毯，配合著華格納的結婚進行曲，美麗的伴娘和英俊的伴郎列隊引導，神父的福證，完成儀式時換上孟德爾頌的結婚進行曲，教堂鐘聲噹噹噹響……這種從小就夢想的婚禮，在覓覓年紀漸大，參加過各式各樣的婚禮之後，已覺得不新鮮，覓覓想要的是一個可以令人永誌不忘的婚禮。

因此，當潛水的夥伴得知她和阿德正敲定婚期時，提議何不舉辦一個潛水婚禮，覓覓馬上就同意了。她把這想法告訴阿德，他口中說：「好啊！」

眼中卻有一絲什麼神情閃過，覓覓來不及捕捉，以為是海面上陽光太過瀲灩，自己看花了。

覓覓只負責提出想法，剩下一切理所當然交由阿德去籌劃，她喜歡阿德給她驚喜，驚喜越大，象徵對她的愛越深。她是這麼想的。不知道多年後的阿德在婚姻中會是怎樣的丈夫，至少眼前，他很配合，而且像愛情劇的男主角，盡職地扮演一個縱容未來妻子的深情男人。

她心中浮現一幅海底婚禮場景：海葵鋪陳的柔軟毯墊、點綴著形形色色的珊瑚枝葉、豔麗的蝶魚穿梭其中、陽光穿越幽藍的海水像一束聚焦的光投射在她和阿德身上，阿德打開一枚潔白的珍珠海貝，取出斗大的婚戒替她戴上，之後，兩人在海中擁吻，她的白紗裙裾隨海流緩緩飄揚……

她想，如果儀式結束後，有海豚充當她倆的坐騎，一雄一雌載著他們離開，就更完美無缺了。

但是覓覓剛學完潛水，拿到初級潛水員執照就立刻到國外海底觀光，技術還不純熟，每次下潛都因為緊張而耗氣太凶，潛水是團體行動，為了安全，只要有人空氣殘壓到了警戒點，其他人不管剩多少空氣，都得乖乖浮升上岸，因為覓覓，其他人玩得並不盡興，後來有人私下向教練反映，潛水教練委婉打趣：「覓覓小姐！海中不比陸地，在海裡每一口空氣都要錢的，不是299吸到飽！」說得覓覓不好意思。所以，覓覓很努力控制呼吸，保持在水底不沉不浮的中性平衡，練習優雅地踢蛙鞋，務必使海中婚禮的自己看起來像幸福的美人魚。

還好覓覓水性佳，回國後，在台灣九月潛季結束前，她已經練習得不錯了。一整個秋天又一整個冬天，她和阿德都在忙著拍婚紗照、聯繫喜餅迎娶婚宴，不過那是為了雙方父母親朋所準備的，屬於她夢中的婚禮則訂在峇里島，在六月。

六月，這一隊潛水團因為要拍攝海底婚禮所以顯得特別興奮，連在飛機場延誤也視為小插曲。而之所以延誤，是因為其中一個玩心重的女孩為了烘托婚禮氣氛，特地私下買了拉炮、仙女棒、水鴛鴦塞在行李箱，想給這一對新人驚喜，沒想到被X光掃描機發現，海關拖出行李，在大庭廣眾下一一翻檢，女孩被眾人好好糗了一頓，說她別有居心，想在囚房裡面鬧洞房。

在峇里島的前幾天行程，先複習冰凍了大半年的潛水技術，一方面也和當地導潛尋找沒有海流和地勢較平緩的潛點。而休息時間，大夥一改平時潛完水上岸後，慵懶地尋找一張躺臥的沙灘椅，轉而圍繞著新人七嘴八舌提供點子，還好覓覓心中已有想法，否則依這些意見的大雜燴所拍攝出來的，恐怕不是海中婚禮，而是冒險刺激懸疑動作……愛情片。

他們住的是有當地特色的villa，每一棟都是豪華的蜜月套房，獨棟的villa有小小庭院，其中有戶外酒吧、泡澡的池子，涼亭中有臥榻，拉起竹簾可以看海景，放下簾子就享有隱祕的空間。白日他們搭著小船出海潛水，下午行程結束後，覓覓和阿德召來按摩師，在涼亭中邊聽著海潮規律的起落，邊放鬆享受輕柔的揉捏，彷如帝后般的享受，海風吹拂下，不知不覺進入夢鄉，夢中的覓覓清清楚楚咀嚼著幸福的滋味。

終於，這天到來。

海底婚禮最簡便的大概就是新娘妝，不必設計新娘頭飾、不必化濃妝，一切裝扮入了水就扁塌、脫卸，更何況面鏡遮住大半的臉，所以覓覓素著臉，穿上防寒衣之後再套上婚紗，顯得有點腫胖，最外面穿上綁著氣瓶的潛水背心ＢＣＤ＊，最後戴上事先縫在白色游泳帽上的頭紗。阿德和擔任主婚人的教練也是襯衫西裝褲打扮，再套上ＢＣＤ。比平常多一倍時間才打扮結束。眾人早已著裝完畢等候許久，頂著豔陽包裹在緊身的防寒衣中，還未下水就已全身溼透。為了保持神祕感，他們並未事先預演過，一切都由阿德和教練商議。所以當覓覓手撩起白紗裙，在阿德牽引下，由船尾走到船頭的跳水處，眾人舉起蛙鞋所搭起的架子，取代婚禮應有的花架，覓覓果然笑咧了嘴，羞低著頭通過，所過之處，左右拉炮「砰！砰！」響起。原來，準備拉炮的女孩到底不死心，又請託當地人購買，一定要把婚禮弄得劈里啪啦響。

下水前，大夥簇擠到船頭拍團體照，看似對著鏡頭擠眉弄眼，其實是紛紛被額頭涔涔的汗滴淋得睜不開眼，有的是被豔陽刺瞇了眼。終於結束拍攝，眾人先一一下潛至預定的白沙地，圍成半圈採取跪姿，這是最穩定、不會揚起沙塵的姿勢。攝影師留在水面上，拍攝他們一起邁步下水的鏡頭。

「噗通！」下水後，覓覓的頭紗白紗裙直往上飄，阿德趕緊過來把遮住覓覓臉的裙裾往下撥弄，覓覓也手忙腳亂，攝影師下水後看兩人忙亂半天，毫無進展，直接過來拉著覓覓下潛，留下愕然的阿德。

覓覓一開始潛行，裙襬自然往後拖曳，被搶走新娘的阿德，看了之後才理解意思，也跟著游，接過覓覓手，攝影師才繼續拍攝。

長裙緊黏在大腿上，覓覓簡直無法使力踢蛙鞋，只好由阿德拖著，但她還是惦記著要擺出一副美人魚般的靈動優雅，惦記著要對鏡頭揮手，以至於頻頻回首，似乎眷戀攝影師比奔向婚禮的意味濃厚些。

下降到海底白沙地，覓覓難掩失望，雖然之前教練和她溝通過，地點若在珊瑚礁上，白紗裙可能拖掃過珊瑚水螅的刺絲胞，及躲藏的石狗公、海膽，禮服會變成一襲髒汙而且有毒的撈網，還是白沙地乾淨安全。但是畢竟和她想像中的一片如花團錦簇的海葵珊瑚公園差距太大，她只希望攝影機拍

---

*註：Buoyancy Compensator Device 簡稱，浮力輔助設備。

出來不要有太多荒蕪的背景。

一旁等候已久的隊友誇張而緩慢地拍著手，海底猶如外太空，類似的無重力讓人搖晃不定，所以，鼓掌無聲，更別說什麼尋常陸地婚禮中的孟德爾頌、華格納。

教練遞給阿德一小塊教學用的白板，阿德拿給覓覓看，覓覓點著頭，但是太用力，以至於失去平衡身體歪斜，阿德趕緊攙她一把。阿德拿著白板湊到攝影師鏡頭前，原來上頭寫著：「覓覓！妳願意嫁給我嗎？」

阿德從ＢＣＤ口袋中拿出一枚戒指替覓覓戴上，不過，怕價值不菲的婚戒掉在海中不好找，所以用的是斗大的玩具替代品。

交換完戒指，阿德和覓覓吸足一口氣，拿開二級頭，橫隔在臉上的面鏡讓兩人無法直接親吻，於是二人嘟起嘴巴像兩隻長吻蝶魚，偏著頭尋找最佳角度，很快地啄印對方的唇，便又重新咬著二級頭大吸一口氣。不過攝影師求好心切，怕鏡頭不夠唯美，請他們一再重來，好上上下下取景不同角度。

終於，完成了，一旁等候的觀禮同伴猛按高音氣笛代替結婚進行曲，有人吹起泡泡，一串串氣泡漸漸升騰，很像放離手的氣球，只不過氣泡越上升變得越大，直到海平面，便爆破如幻影。

「所謂的海誓山盟，就是這樣子吧！……只是這樣子嗎？」覓覓覺得心中空蕩蕩的，像周遭荒蕪的海床。

覓覓正在胡思亂想時，卻覺得呼吸緊塞了起來，一看空氣殘壓表，哎呀！不得了！什麼時候空氣已經吸光？

慌張之下，她忘記所學過的，要用手做出割脖子的緊急手勢以表示空氣不足，就想直接拔阿德口中的二級頭。阿德以為她在開玩笑，護著自己的嘴巴不給。覓覓急得握拳要捶阿德，腳下也踢起一陣白沙。

一旁的教練警覺到覓覓的神色不對，先衝過來把自己的二級頭給覓覓，自己再拿起緊急備用的來吸。阿德這才猛然省悟，頻頻做出道歉手勢，遞出自己的二級頭，覓覓驚魂甫定，遲疑著是否接受。一旁教練頻頻示意，表示要拍攝鏡頭，覓覓才替換過來。於是，兩個人共生呼吸，一起緊急游泳上升。

經由教練剪接，當然那些出差錯的畫面一一刪除，教練又特地拍不同生物來烘托，成雙成對蝶魚、櫻花蝦、臂魚、海蛾、海龍……配上音樂之後非常夢幻，覓覓每次播放給別人看時，自然該說的都說了，不該說的就假裝忘記。說也奇怪，阿德從未好好坐下來和眾人一起看完，似乎都剛巧不在，或者，即使在家也不知忙著什麼，當未婚女孩們發出驚嘆聲音：「阿德，英雄救美耶，好浪漫啊！」阿德只是轉過頭來一聲：「唔？」

女孩們眼睛骨碌碌轉，當場就開始專注構思自己也要有一個像這樣特別的婚禮，而那些陪同的男友們見狀，眼中也閃過一些什麼神情。

後來，覓覓放映過很多很多次、解釋過很多很多次之後，大部分的親友都已經輪流陪著她重溫浪漫海中婚禮一次以上，直到覓覓自己消褪新婚的生嫩興奮，於是，這片精采浪漫的潛水婚禮ＤＶＤ，就和厚重的婚紗照一樣被收進櫃子裡。阿德自始至終都不知道他的海中婚禮有多浪漫。

後來，覓覓和所有女人一樣，過著離水而居、乾涸的婚姻生活。

不管在陸地或海洋，我們一直都是潛伴。
我們都假裝這件事已經過去，彷彿所有的曲曲折折都
被時間所熨平，還是一起潛水，一樣生活……

卷二／飛行在海中

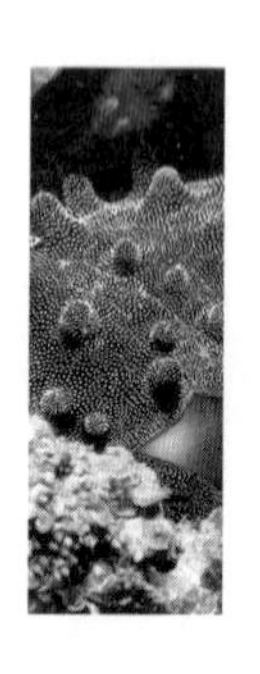

內太空飛行

有時，連告別都來不及。

這股遲來的悲傷，每當看了異國海域的繁華似錦，總是會漸漸潮漲，漸漸淹漫我。

颱風正在遠方渦旋著，除了陰雨，島嶼的背風面幸好浪不高，勉強可以下海潛水，只是能見度不到十米，我們緊跟著熟悉地形的當地導潛，不久，連他的身影也沒入一片渾沌中，只能追尋他斜浮上來的氣泡，直接落至二十米左右的海底。兩株柳珊瑚由原本一團綽約的身影漸漸呈現出曼妙姿態，我們彷彿空降的傘兵，又如輕功了得的俠客，悄無聲息飄落在牠身邊。不知是風雨沖下陸地的沙土，或者是先前的潛水員揚起塵埃久久不散？陽光穿不透之下，柳珊瑚也籠罩一層茫霧，朦朧得有如深山裡日出前的煙樹，所有景物也糁上一層幽藍與乳白，彷彿夢境的顏色。

柳珊瑚下有一群蝦魚倒立著覓食，十幾公分側扁而狹長的身形，靜止不動時，恍如披垂的依依柳枝。蝦魚和人彷彿是相斥的同極磁鐵，人一緩緩接近，牠們便等距慢慢後退，變換隊形繞著柳珊瑚打轉，保持可以隨時應變的安全距離。我們又分從兩側圍觀，終究，牠們沒心情在眾目睽睽下大快朵頤，訕訕地恢復一般魚類水平的姿勢，倏忽奔去，毫不留連。

導潛帶著我們繼續往一片灰白處游去，沙地上偶見斜插著幾管海筆，原本妍麗的色彩，而今在隱微光線下，有如柔絲鮮潔的鵝毛筆，像被看不見的手握持著，正在攤平的沙地長卷上停佇，沉思如何下筆書寫這一片海域的生生滅滅，也許因為意念沉重，有幾根翎毛不免輕輕寒顫起來。

潛行不久，兩座高四五米狹長的獨立珊瑚礁隱然現形，在汪洋中自成一處遠離喧囂、悠長無曆日的桃花源。

密密匝匝的金花鱸正頂流覓食，覆蓋在兩塊礁石上空，我們一靠近，整群金花鱸倏地貼伏礁石警戒。因為光線幽暗，我無法把體色淺紫、胸鰭帶有紫色圓斑的雄魚，從整群澄紅鮮豔的雌魚與幼魚中辨識出來。一夫多妻、明顯的社會階級，是金花鱸適應多變海洋的方式，當失去雄性領導者時，牠們沒花多少時間悲慟與等待，而是由次強壯的雌魚性轉變為雄魚，整個過程平和沒有爭鬥，不似大多數的陸地動物為領導權而展開廝殺，牠們彷彿有共識，也有智慧判斷，社會階級的建立不為別的，只是為了生存，而生存所面臨的真正敵人不在自己內部，隨時應變，一致對外，才是在險惡海洋的生存之道。

更靠近礁石，上頭附生各式的軟珊瑚及海葵，一片花團錦簇。湊近細看，海葵上又有共生的蝦蟹，螃蟹總是四平八穩蹲踞在海葵上，而身形輕盈、晶瑩剔透看得見內臟及卵團的蝦子，則後足固定，前半身隨水流不停地左右搖擺。不管蟹與蝦，都一律螯腳忙忙碌碌掐著食物往嘴裡送，看牠們的吃相，或多或少，也感染了牠們滿足口腹嗜欲的單純快樂。

海葵中的蝦蟹須特地尋找才能看見，至於體積較大又過動的小丑魚則目標顯明，小丑魚身上的黏膜使牠得以在海葵有毒刺絲胞的觸手中安居，這種對別人危險、而對自己卻安全有益的事，想必做來挺痛快的，牠只須幫忙清除海葵發生病變的觸手、覆蓋的沙泥或食物殘渣作為回饋，便可以和海葵彼此相安，不離不棄。小丑魚沒有鴻圖遠志，不像洄游性的大魚順著洋流在不同的海域浪游，牠們最大的冒險，便是為了保護產在海葵基座礁石的卵，而離開海葵咬啄入侵者，但只要外敵離開牠的警戒範圍，牠便會撤退回自己的小天地。我曾被小丑魚攻擊過，原先不知為何惱怒了牠，竟衝著我臉上戴的面鏡一啄，迅速游開，又回過頭來攻擊面鏡及手套幾次，說是攻擊有些言過其實，因為牠的勇氣著實可敬，而牠的不自量力又未免可笑。我饒有興味看著憤怒的小丑魚，忽然懂得，在實力懸殊下，佔優勢的一方不驚不怒，根本稱不上修養。如果竟然認了真、動了氣，與牠爭鬥，那簡直是不堪的墮落。

海如此大，每一家小丑魚守著一株海葵安身樂天，看來欣然有所託。但是每每看著牠不似蝦蟹鎮日張羅吃食，而是在尺寸之地來回磨蹭，扭擺身軀，我彷彿看到羞怯又狂躁的靈魂，燒灼不息。

視線一離開小丑魚，便看見兩三隻獅子魚像京劇中背著大旗的花臉武生，威顏橫行，以為神鬼不知，把最脆弱的腹部緊貼著礁石慢悠悠泳動，卻把張牙舞爪的毒棘朝外嚴厲警告，任何別有意圖者也須忌憚三分。除了威嚇作用，獅子魚圍獵小魚也靠這寬大的鰭，牠們懂得分工合作，各從一端大張胸鰭背鰭，像撒下網羅，一路驅趕，漸漸縮小圈子，再以迅雷不及掩耳速度出手，一口吞食無路可逃、瑟縮的小魚。獅子魚的醜與怪，頂適合拿來作為弱肉強食的掠食者代表，大家只會記得牠醜陋貪婪，不會想起牠緊貼礁石行動的脆弱。

除了會移動的生物，有更多玄機在礁石上的隱蔽角落，這是我潛水時日久了才懂得定神細視，了解海中俯拾皆是寶。例如躄魚是以守株待兔方式獵食的擬態高手，身上的顏色斑點，甚至衍生毛狀的皮瓣都宛如藻苔，和周遭各類海綿或礁石融為一體。牠有個別號稱為「青蛙魚」，因胸鰭演化成足狀，習慣像青蛙般趴伏靜止不動，第一背鰭演化成細細的吻觸手，上頭黏著一粒小餌球，彷彿垂釣者的釣線，在嘴巴前來回甩動釣魚，等到小魚受誘引接近時，再一口吞下。若是菜鳥潛水員，壓根對眼前生死獵場一無所知，錯身而過。唯有了解，才能看見。

有時是指甲大小的海蛞蝓，搖頭晃腦，以看不見有何進展的速度慢慢移動，一步一猶疑，正好可以讓人仔細端詳、讚嘆，造物主在最隱微的角落顯現祂最精緻的作工，人間想像不到的配色及圖案，都由各種海蛞蝓背負著踽踽蠕行。這也是我不明白的地方，陽光進入水中便依序被吞噬了紅橙黃綠，在二十米左右只能呈現深深淺淺的紫藍，我們必須借助燈光，才能驚豔海蛞蝓重現的絕色，但海蛞蝓看得見彼此的斑斕風華嗎？如果不能，在幽深的海底，在如此粗礪的礁石上，如此鮮妍是為了何種不得不然，何種堅持？

尋找躲藏在礁岩中的擬態生物，如同在粗糙的生活中淘洗出意義般地耗費心神，我的眼睛終究不由自主怠工，被來往穿梭的奇炫色彩所勾引，轉而注目成雙成對的蝶魚。蝶魚即使覓食也不時抬頭看看對方，在危機四伏的珊瑚礁中彼此照應，也免得在魚群裡失散。但是，萬一失散了呢？我有時不免想追根究柢，書上沒寫蝶魚對伴侶的忠誠度如何，倒是提及蝶魚體色鮮豔，鰭鱗圖案特徵明顯，各種之間的差異大，只要有中間型體色，約可猜測出牠是由哪兩種蝶魚雜交而來，而海洋中最容易發現雜交物類的，莫過於蝶魚。人們說，生命總會找到自己的出路，我想，愛情也是。難怪我事先努力記憶書中的揚旛蝶魚、曲紋蝶魚、紋身蝶魚、胡麻斑蝶魚、鞍斑蝶魚、月斑蝶魚、鏡斑蝶魚、銀斑蝶魚、藍斑蝶魚、一點蝶魚……直到眼前真正辨識時，總有似與不似之間的騎牆者，屢屢促狹玩弄我的記憶。

我因潛水而了解、而關注起海中的事物，更開始在乎牠們的存在，擔心牠們是否會被過度捕撈而瀕臨絕種。我常常在潛水結束上岸後追著教練問：「這魚可不可以吃？那種蝦蟹貝有沒有人抓？」幾次下來，教練誤以為我是貪吃的老饕，潛水時，眼中所見的不是優游海底的繽紛生物，竟是一盤盤蒸煮炒燙熱騰騰的海鮮。這疑問他一直存了許久才告訴我，他哪裡知道我只是單純地推論：不能吃就沒有人捕抓、沒人捕抓就可以存在長長久久，我不必擔心每次下海都是最後一瞥，都是黯然告別。

有時，連告別都來不及。

幾次出國到東南亞潛水，飽覽熱帶繁華多樣的生態之後，一股遲來的傷痛漸漸成形，之後總如鬼魅縈繞不去。回想剛學會潛水時，興沖沖搭夜車南下墾丁，卻在南灣驚見一片白化珊瑚，森然慘烈如堆疊的屍骨，令人驚駭不忍卒睹。直至往外海游得更遠些，才又重新看到海中應該有的瑰麗顏色，只是，珊瑚礁上仍一片岑寂，但見細如蚊蚋的魚苗，不見稍大的魚，眾人沉重靜默踢著蛙鞋，彷彿行經一座高樓櫛比鱗次的城市，市招霓虹燈兀自熱鬧閃耀，餐館爐灶正湯沸，只是街道杳無人跡，偶爾一隻貓倉皇越過馬路，地上四散落葉廢紙，桶罐橫陳，一座無人空城，很後現代、很科幻、很夢境，也很詭異。我們彷彿游進一座海底鬼域，那片死寂的海，怎麼奮力踢蛙鞋，似乎總也離不開那駭人心目的夢魘，踢不破層層包裹的幽藍。

這股遲來的悲傷，每當看了異國海域的繁華似錦，總是會漸漸潮漲，漸漸淹漫我。不自覺想起莊子書中所載屠龍之技的寓言：「殫千金之家，三年技成，而無所用其巧。」朱泙漫耗盡財力與心力學屠龍之技，只等學成大顯身手，沒想到等待他的是找不到龍的現實，朱泙漫不僅受欺瞞，同時可能還被老師支離益悄悄地悲憫著，支離益可以傾囊傳授屠龍之技，一條神龍卻是無能為力應許。興沖沖學成之後的失落，朱泙漫也許寧願自始至終一味平庸黯淡，從未燃起任何美麗幻想。而我，學潛水是為了更親近海，卻被海以如此方式冷漠拒絕，偏偏是離開自己的家鄉到海外，又處處可盡情優游，與魚蝦共舞，那種反差，令我興起一股無以言喻的傷感。

還好，我只是期盼太深而悲觀太過，事實上，台灣海域並未真正淪為鬼域。近年來有心人士不斷奔走，勸導少數喜歡獵魚的潛水者嚴格自律，以攝影機或相機取代魚槍。又劃分保護區域禁止漁民垂釣及布網打魚，作為魚群復育及海底觀光潛點。並有義工號召潛水者淨海淨灘，定期攝影，記錄海洋生態……經由種種努力，珊瑚白化趨勢減緩，魚群又漸漸遷回舊居。

我想，大海如此遼闊，人和水族總是可以尋到彼此相處的模式，共生共榮。

早聽說海中世界堪稱是無重力的內太空，而海中生物之怪之奇也如外星族類難以想像，既然現今尚無法登天，那就下海吧。如今我也能漂浮海中，體驗內太空漫步滋味，但不知怎地，汪洋大海中的獨立礁石，總讓我聯想起宇宙中孤獨一隅的地球，周遭幾萬光年外的近鄰，也只能遙望而不可及，當人類像眼前眾多魚族為了溫飽而悽悽惶惶，吃，也被吃，幸運逃過被獵食的，終究也逃不過自然衰亡，多少人會停下大嚼大啖的口，舉目遠眺浩瀚深藍的星空，興起一股天地悠悠的寂寥？如果有，不免也會浩嘆吧。我對眼前的生物而言，應如突然降臨的外星人，而外星人也是否曾以人類不明所以的方式造訪過，一邊觀察、記錄，或許還疑惑不解。

結束潛水前在五米深處做三分鐘安全停留，徹底放鬆，藉著勻緩呼吸維持平衡的中性浮力，如虛懸無重力的太空中。能見度沒有比下水時清明多少，但是因為離水面近，有一層濛亮，透過天光，想像空中的雲靄，及雲靄背後無盡的蒼穹，我的腳下也是不見底的深邃，在那陽光不到的某處，我才潛游而過……

好一片珊瑚

當所有冒險出走的生物離開了原本依恃的介質，到了陌生乾涸的陸地，生命只有各憑本事發展飛跑跳爬……

漂浮在五六米的高度，俯瞰底下一片盎然生機。各色的海葵、軟珊瑚也像我一樣，隨著隱隱的波浪輕輕搖盪了起來。

放鬆肢體、調勻呼吸，這三分鐘的安全停留是做收心操的時候。將先前近一個小時眼花撩亂、心旌搖蕩的海底觀光，一一沉澱、收拾。有人將這三分鐘視為禪定時刻，把全身的重量交託給大海，卸下所有行走人間街頭的負累，徹底放空。

只剩L還不肯收工，把握最後的時間獵取鏡頭，他正試圖從不同角度和過動的小丑魚相搏，一個是執著要框住幾幀清新的影像帶走才肯罷休；一個是忸怩地鑽竄在海葵觸手間，怎樣也不肯配合入鏡。人與魚將一朵搖曳的海葵當成競技場，圍著打轉。L不小心碰觸一旁腎形真葉珊瑚，珊瑚尖端膨大形似弦月、又如豆子的觸手縮回，原本一大球的珊瑚，像是被告知警戒訊息，一個傳接一個，返入家門，最後只露出波紋形狀的板葉。

雖然引起一陣騷動，L並不自知，兀自專心致志，隨著他變換位置，一旁網紋光鰓雀鯛幼魚忽地躲進萼柱珊瑚枝枒間隙尋求庇護，一會又耐不住好奇探出頭看看，另一叢軸孔珊瑚中的天竺鯛也玩著同樣的躲警報遊戲。這是專注單一風景的遺憾，透過狹小視窗選擇入鏡不入鏡，生命被斷章取義拿來欣賞，遂不知景窗內生物何以憂何以歡？早先我也曾考慮過以攝影留下眼前美得令人瞠目結舌的景物，以便日後細細重溫，後來遲遲未付諸行動。我想，微觀的美還得巨觀的心眼與角度才能體會緣由。

L是一個執著的人，不以純粹拍攝為滿足，更勤於收集生物資料，分類整理，就一般休閒潛水員而言，他是少有的專業，而且不吝與別人分享。我欽服他的攝影專業，並深深依賴，唯有如此，我才能背負雙手悠然地在海中遊騁，覽觀全景。潛水結束後，還有L的照片可喚起記憶以及彌補緣慳一面的遺憾。於是由L捕捉剎那，我則綜觀形成剎那的因果。

整個海域水質清澈，笙珊瑚羽狀觸手一收一放，姿態如開闔的花，大管孔珊瑚則像一朵朵迎風搖曳的向日葵，豔張著楚楚風情。而肉質葉形軟珊瑚更彷彿礁石上平鋪的黃綠毯，輕柔如茵，時時引逗人撫觸摩挲。幾百年來，科學家一直將枝枒交錯、迎著海流款擺，或者堅硬如石、固定不遷徙的珊瑚誤認為是植物，甚至是礦物，豈知這一片紛紅駭綠，明明是蠕動的珊瑚蟲，卻裝就成四季恆春的海底花園，吸引眾多魚蝦貝來此棲息覓食生養，矇騙科學家做出不科學的研究。這個美麗的誤解直到十八世紀才被澄清。至今，我眼中看著這一團錦繡，還是得常常提醒自己那是翕張的珊瑚蟲，是動物，遠非明代李時珍《本草綱目》中所言：「生海底，五七株成林，謂之珊瑚林，居水中直而軟，見風則曲而變堅，變紅色……」把這些浪漫的想像留存在古代，過時的科學已然變成神話，雖然符合審美的心，但是不符「求真」的科學。

各類魚群穿梭其中，也像都市的熙熙攘攘、五光十色，一處或大或小的珊瑚礁如沙漠中綠洲，是浩瀚又孤寂的海中稀有的繁華。游近一座礁石，有如俯瞰一座矗立在曠野中的城市，對照幾步外的悠悠荒涼，眼前擁擠的生機往往顯得虛幻不真實。

珊瑚觸手隨海流左右款擺，順勢也輕輕拂拭掉落在身上的沉積物，看起來頗有不沾染塵埃的潔癖，其實潔不潔淨攸關珊瑚的生死，因為一旦塵垢汙染超過觸手清理的負荷，牠不能與世同濁，便會含恨窒息，香消玉殞。

但是，同樣的柔細觸手也會為了爭奪領地而伸長所謂的「掃把觸手」，以刺絲胞攻擊鄰近珊瑚群體，對心存僥倖的越界者發出致命警告，掃除生存路上一切阻礙。纖柔表面的背後，必須支撐著堅強的生存意志，才不致被粗礪的現實淘汰。所以表面荏弱冶豔的珊瑚蟲並不像陸地的花，只是施捨一點濃郁甜蜜誘引昆蟲為其傳媒，珊瑚手舞足蹈的是死亡劇碼，海流越強，牠舞動的節奏越狂野激情，來蠱惑、攫捕浮游生物，以觸手上的刺絲胞麻痺獵物，送進腸腔消化、吸收，再以同樣的口排泄，打一個開懷飽嗝。人們只知防備勇武剛強，而柔弱外觀所具有的侵略性常常被人忽略。至少我是很沒有戒心。曾經無意中目睹珊瑚纖纖觸手捕獲一隻約手指頭大小的水母，水母被緊緊纏繞，因為被注射毒液而抽搐掙扎，最後麻痺、頹然，癱軟地被送進珊瑚口中。前一刻還被珊瑚迷眩的我，此時，內心的驚訝疑駭，久久不散。

幾乎伏趴在礁盤上的L，不知不覺漸漸接近一旁的千孔珊瑚，令我替他緊張起來。屬於水螅蟲綱珊瑚的毒性不僅僅足以對付浮游生物而已，人不小心被螫的話，據說會如同被火舌舔舐般的灼痛，引起紅腫水泡。正想警告L，他卻早有防備，不因專注拍攝而對周遭環境毫無所覺。他仔細避開，雖然身上防寒衣可以略加阻隔，不會直接接觸，但還是小心翼翼，避開火珊瑚，也避免碰裂其他珊瑚。即使有些斷裂的珊瑚，可以隨波流浪到他方，若遇到適合環境，便落地生根就勢發展成另一個群體，趁機擴張領地，遭禍而得福，但是畢竟比不上因颱風、海流或自行斷裂來得「自然」。攝影者的自律與溫柔也會表現在畫面上，感動了欣賞的人，漸漸地，我除了看畫面，也開始推敲框住畫面的背後那雙精準的眼、靈敏的手，按下快門的剎那有何故事流動著。

叢簇的軟珊瑚之外，周遭一根根、一株株、一片片、一叢叢、一團團的珊瑚，不同種類便形成不同樣貌，即使同種珊瑚，也因生存環境而有因地隨俗的改變。牠們的分支尖端普遍顯現出有別於基部的鮮嫩顏色，努力增長，以覆蓋住其他珊瑚為務，替共生藻也替自己爭取陽光資源，白天行光合作用，陰天或夜裡則伸出細長透明的觸手捕食。被遮住陽光的珊瑚，或許另行發展出適應微弱光線的生存之道，若是不甘雌伏，會以絕地反擊代替消極防禦退守。有的伸出掃把觸手、有的釋放出新陳代謝後的毒性物質，酖害對方，甚至，更特殊的方式便是吐出體內的隔膜絲——珊瑚蟲的胃，覆蓋在對方身上，蠶食消化對手組織後才收回。雙方便在你來我往的交鋒中攻城掠地，海底的珊瑚也像陸地叢林，在蓬勃生機下，其實隱藏一場場優勝劣敗的生存競爭，充滿虞詐，不見血流，一樣分出生死。

除了同類彼此競爭，也有來自不同物種的威脅。L喜歡拍攝完停駐在軟珊瑚上的海兔螺之後，輕輕移動螺身，查看牠大快朵頤的成果，底下會現出一片被啃禿組織的珊瑚，紋路漫漶不可辨。至於嬌小豔麗的海蛞蝓也經常被發現攀附在海葵與水螅上，斯斯文文齧食，之後，還順手擷取獵物體內的刺絲胞披掛在身上，作為自己防衛天敵的武器。而色彩斑斕的蝶魚，嘟著長吻啄食珊瑚蟲的景象也時常可見。隆頭鸚哥魚則每天晨昏固定集合整隊，開往珊瑚礁區用餐，大張銳利而髒汙的板牙，啃雞骨頭般的把珊瑚嚼得喀嚓喀嚓響，啃不動的，便用額頭去碰撞，再撿食斷枝。而最著名的珊瑚殺手莫過於棘冠海星，當牠的天敵大法螺因為漁人採集而銳減，棘冠海星遂得以大量繁殖，蠶食鯨吞著珊瑚礁。珊瑚苦心經營，從同類手中攻掠下的版圖，有時不敵外來橫禍，殞身失守。

L也只能拍攝眼前的繁華。所有的盎然生機、競逐戰場只在珊瑚礁石的表層，這一切其實都堆疊在過去的骸骨上。

造礁珊瑚與體內共生的渦鞭毛藻，製造出碳酸鈣，營建穩固的磐石、大海中的城池。日日積累，速度快的，一年可以增加二十多公分，緩慢的，一年也才增長不到一公分，珊瑚礁的壽命遂可以用長度來丈量，幾千萬年的歲月濃縮成幾公尺的高度。綠島有名的微孔珊瑚，俗稱「香菇頭」，周圍三十一米，高度約十二米，據研究者推斷已有一千兩百多年的歷史。L已經幾次造訪，一直以無法取得完美的構圖為憾，什麼樣的角度才能顯現出生命既荒蕪又頑強？

假使對珊瑚的興趣不止於牠的外貌高度，還可以研究研究牠的生命厚度，是的，珊瑚礁也有年輪，或緊或疏、或濃或淡的年輪是海洋歷史的切片，記錄幾千萬年來的光照、水溫、海流、水質，和每段歲月中的興亡生滅。年少時，我曾多次在盛夏遊墾丁社頂公園，看到嶙峋峭拔的山崖，撫觸礁岩利銳得扎手，走在新闢築的石徑，磽瘠犖确一直摩刮薄底鞋裡的腳板，我不知道它昔日曾湮沒在滄海中。隨著學習潛水，對海逐漸了解後才恍然，海中千萬年的歷史是以如此顯而易見、卻又如此靜默的方式，矗立在豔豔陽光下。

我帶著熟悉陸地的眼光來看海中世界，不免有些積習成見，覺得海中生物處處雷同陸地，但是，據說生命來自海洋，當所有冒險出走的生物離開了原本依恃的介質，到了陌生乾涸的陸地，生命只有各憑本事發展飛跑跳爬、棘刺爪牙、香色美醜，什麼都沒有的，就增長心眼。陸地生物是複製海洋始祖的競爭，而且，青出於藍。

俯視珊瑚礁，想著平日的生活，形軀在陸地行走，常自以為藉著閱讀便有了俯瞰現實的高度，到底那樣想像還是一廂情願的居多，自我感覺良好的居多，不像現在，我果真低頭俯視另一片地界，再怎樣驚心的生存競爭，對掠食者不必憎惡，被掠食者也毋須悲憫，一切都是生存的必然，無關善惡，我只保持無關於己的超然。同樣的競爭如果套用在人類身上，便無法不對血淋淋的相殘膽寒。那些別過頭去，在文學藝術宗教領域中尋覓淨土的人，大概是基於這樣的心情吧。

L終於結束拍攝，上升到與眾人一樣的高度，眼光猶對底下一片珊瑚戀戀不捨，這種心情我懂得，他是以相機、我是以馳想，二人的貪癡，距離利用三分鐘安全停留進入禪定有一大段須修練的過程。然而，我不確定是否想跨越這距離，這樣耽溺花花珊瑚世界，其實也沒什麼不好。

於是，透過面鏡看L的深邃眼神，那裡彷彿還視覺暫留著一片黯藍的珊瑚礁，映著頭頂上穿透海水的陽光，熠耀晶亮。

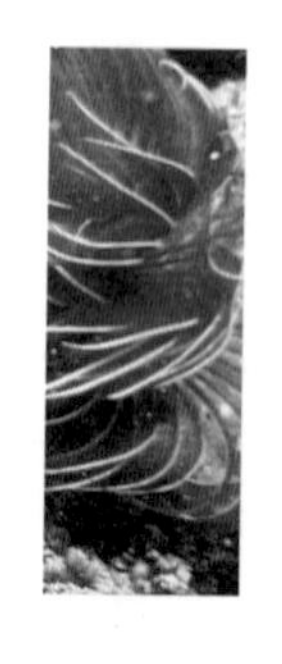

魚醫生

魚醫生不必像人類醫生必須受職前訓練，也毋須宣言以救人為天職，不管願不願意，天生命定從醫，和病患相依存……

小型魚通常集結成群以求庇護，只有牠，和幾個家人，守護著勢力範圍，周旋在不同種類的魚中。

剛開始潛水時，便注意到這種細長的魚，僅五、六公分的嬌小身形，黃白底色，一條藍黑縱帶貫穿全身，單看頭部，倒像漫畫中戴眼罩的鬼祟小偷。牠不時往別的魚身上一啃一啄，看來不似以小欺大，因為被咬啄的魚並未倉皇躲避或憤怒反擊，反而狀似酣恬地享受牠的啄食，一旁還有其他魚類來回磨蹭，耐性等候。

隨著潛水經驗漸增，才知道這些稍大的魚是因為體表有寄生蟲蠢動作怪，以致奇癢難耐，又苦無四肢利爪，只得彼此互相摩擦或摩擦礁石止癢，實在搔不到癢處的，便只好向小魚掛號求助。有的更是負傷而來，讓小魚清理傷口的腐敗組織，以加速復原。清理的過程中，因為舒爽暢快，有些魚的身體彷彿成了心情石蕊試紙，顏色出現明顯變化，隨著療程進展由淺變深，再回復原先淺色。等到離開時，只差額手稱謝、只差傷口沒敷上藥包紮繃帶，否則和人類就醫後那股病痛減輕的舒緩神態，簡直沒兩樣。

所以，俗稱漂漂的藍帶裂唇鯛便被人們冠上「魚醫生」的尊稱。在隆頭魚科中，牠的體型屬於短小的，和人類醫生一貫給人崇偉不可親，甚至冷然淡漠的形象相去甚遠，魚醫生看診時，上下左右替病魚清理，無微不至，極有耐性，反倒是在一旁候診的眾魚族眼巴巴欣羨著被診治的魚釋下病痛重負，飄然而忘形，有時等不及醫生結束診斷，就躁急趕走病人以便輪替。魚醫生一律來者不拒，對霸道插隊的病患也一視同仁。

因為這樣與人為善，魚醫生在珊瑚礁頗吃得開，即使自己不去找食物，也有人找上門請牠飽餐一頓。白天開門看診，負責一方大小魚族的康健。到了夜裡，雄魚和妻妾進入礁岩間小洞安眠，吐個透明黏液將自己包裹起來，免得睡夢中失去警戒，體味將夜行性的獵食者引來。相較於人類醫生被視為收入頗豐而成為歹徒眼中勒索綁架的肥羊，魚醫生終日辛勤，身上著實掂不出幾兩肉，但對獵食者而言，魚族只分成食物及非食物、容不容易獵食，魚醫生只在別人有求於牠時，才有尊嚴與威嚴，威嚴形成保護，一卸下職責、身分，同樣也是惶惶終日，必須靠有形的黏膜才換得一夜好眠。

但是再怎麼嚴密的保護，魚醫生也有旦夕禍福，如果雄魚遇到不測，就由大老婆性轉變為雄，繼續帶領家人。或者，附近早有雄魚虎視眈眈覬覦這地盤，便趁機接收一切，當個現成主治醫生，隔日照常開張營業，彷彿什麼也沒發生過。

魚醫生不必像人類醫生必須受職前訓練，也毋須宣言以救人為天職，不管願不願意，天生命定從醫，和病患相依存，剜瘡吮癰，牠的存在建立在病患的痛苦上。苦痛不絕，魚醫生的地位就屹立不搖。牠未必希冀水世界充滿苦痛，也不見得悲憫眼前的苦痛，但是，至少對來求助的老弱殘疾有起碼的尊重，因為是病患用苦痛來支付魚醫生的溫飽。看牠不必借助聽診器、壓舌棒、手電筒等任何輔助器材，便能一眼看出病灶，極俐落輕柔地和幾位助手敲敲啄啄，不僅解決了肉體的癢痛，我相信牠也平撫了病患心理的傷痛。

魚醫生吃飽時，會不會拒收病人，偶爾遠離傷苦痛楚的臉孔，遠離清潔站中愁雲慘霧的氛圍，享享身為魚類優游四海的基本權利？這是頗令我好奇的問題。據說魚是不知飽足的，水族箱的魚撐脹而死多於飢餒身亡，處在大海中的魚醫生也許沒有高枕無憂到飽食終日的地步吧，但如果牠真的撐脹而死，也是因公忘私，吸納太多病人的苦痛無法負荷而壯烈殉職，絕對和口腹欲望無關。

醫門多疾，在漂漂清潔站中所看到掛號就診的魚，並不如平時所見的悠然自得，在這裡，病懨懨的鯊魚、魟魚、石斑、海龜等大型水生動物，一樣得和珊瑚礁魚類排隊等候，在疾病苦痛面前，不分強悍孱弱，一律平等。遇到齒縫塞了食物殘屑、身上長了寄生蟲、黴菌，或傷處腐爛鮮血淋漓，即使是凶惡的江洋大盜，也只是具待修的軀體，只能乖順張大口，靜躺著不動，任魚醫生咧開嘴忙進忙出，或由清潔蝦舉著細鉗子般的螯腳挑剔夾撿。曾經，看著清潔站門庭若市，我的潛伴頓覺牙縫中塞著的午餐肉屑卡得難受也需要診治，便拿出口中的二級頭，湊近清潔站，張嘴求診。出人意外，清潔蝦也跳入潛伴口中清理。除了克盡職責，面對不同族類，清潔蝦也是有求必應，普及眾生。

同樣負責清潔工作，魚被稱為醫生，蝦則被稱為清潔蝦，不知是否因為清潔蝦工作地點多位於珊瑚礁底部陰暗凹陷處？有些蝦子還不僅職掌清潔而已，也吃藻類、動物屍體，因職司處理生死兩界，觸犯人類對死亡的忌諱而顯得身分卑微。還好魚蝦只在乎實質上到口的食物，並不執著虛妄的名，人類方便的命名，只顯現自己偏執的價值觀。

因為魚醫生如此受歡迎，便有投機的縱帶劍齒鯯假冒其身分，利用體型、顏色的酷似，甚至模仿魚醫生舞姿，賺得接近其他魚族的機會，在別人不提防，粗心以為魚醫生來巡迴義診，大表歡迎時，趁機扯下一瓣鱗片、組織、鰭膜，再逃之夭夭，令受害者追趕不及而咬牙切恨。

我很好奇縱帶劍齒鯯是生來就是這副受信賴的魚醫生樣子，才讓牠因利乘便去喬裝詐騙，於是，日子一久，反而喪失自力更生的動力？

或是從遠古時候，牠們早已設定要以偷襲方式維生，而千萬年來便往這個途徑演化，逐步放棄自己的形貌？真實原因不得而知，除了不可轉變的物種基因之外，二者越來越神似，假魚醫生在鯛科家族中穿裹隆頭魚科皮相，無視親族的冷眼睥睨，公然欺宗背祖，這樣漫長的堅持依附在另一物種之下，也著實不容易。身為仿冒品，牠們定比任何人更關心正品的身價與存亡，因為唇亡齒寒，失去真魚醫生的庇護，假魚醫生便無所依傍，如此看來，藍帶裂唇鯛似乎不該視縱帶劍齒鯯為可鄙的贗品與破壞自己名譽的宿敵，也許面臨危險關頭，假魚醫生為了自身的利害，會是與藍帶裂唇鯛站在同一陣線的支持者。

假魚醫生藉由偷襲而咀嚼入口的新鮮魚肉、鱗片、組織，想必比腐爛的瘡傷來得可口。這種令人非議的行徑，也許是經過自己族類圓桌會議思量辯證過的，與其像魚醫生那般勞碌，也只賺來勉強下嚥的食物，不如靠著偽裝趁機襲擊亟待清潔的魚，至少咀嚼的是新鮮的美食，騙不了人時，再不濟也可以尋覓管蟲、魚卵來換換口味，暫時收手。更何況世上多的是不會記取教訓、不會以前車為鑑的魚，病急亂投醫，永遠有魚上當、詭計永遠可得逞。兩相權衡，縱帶劍齒鯛是寧可當投機而幸福的小人，不願當茹苦含辛的君子。

我倒是好奇，魚醫生擔起莊嚴神聖的診治之責，牠一口潰爛的表皮、一口寄生蟲、黴菌，難道從未生起非分的念頭，不想放縱味覺感官，嘗嘗眼前任牠擺布的新鮮血肉？

魚也是有欲望的吧？即使是食腐動物也是囿於能力及生長環境限制，才不得不將就腐屍，新鮮的肉體對任何魚來說，都該是一種引誘。那麼，面對香色誘引，有的魚把持不住而上鉤、越軌也是遲早的事。意志薄弱原不是人類特有的，魚醫生也是。

其實該反過來說，是魚醫生意志特別堅定，能抗拒鮮美食物的挑逗，牠只要忍一口貪饞，便能保證源源上門的病患，永續的食物，於是勉強自己按捺住大啖眼前珍饈的衝動，築一道藩籬圍困欲望猛獸，不癡不貪，讓妄念靜如馴服的獸，直逼人類道德與宗教的修行。那些失守的，不過是放倒意志藩籬，順從生物本能，於是，真魚醫生也會失控而做出假魚醫生的行為。我腦中浮現一幅魚醫生逐漸向本能的呼喚俯首的畫面，牠咬下一口表層潰爛組織，鮮淋的血肉誘使牠再深咬一口，再一口，理智崩潰再一口，欲念氾濫再一口，終於使得病魚驚覺惶恐失措，落荒逃離眼神已經繃直而冷冽的魚醫生。

在這種情況下，被攻擊的魚不知是什麼心情？上了假魚醫生的當，只能怪自己太無戒心、眼花，而疏於提防。但是，好端端的，連一向仁心仁術、令眾魚全心依賴仰望的魚醫生都傷害起病患，這世界還能信賴嗎？

一念之差而犯錯的魚醫生到底會不會被病患接納而重返杏林？頗令人好奇。所有醫生都謹守著病患的祕密，但所有病患時常忘恩地比較、評論醫生的能力，下次潛水前也許我該學學魚的唇語，側面觀察在清潔站等候的眾多病患，看牠們開闔著嘴，無聲喳呼喳呼的是什麼八卦？

毒來毒往

也許我該學學小丑魚的洞見，一點一滴適應海葵觸手的毒刺絲胞，忍受那切膚之痛，痛從來不會麻痺，但會形成保護膜……

像在人海中的莽撞不設防，我潛入茫茫大海。

滿眼金花鱸在折射的陽光下黃澄閃耀，一群鰹魚張合大嘴來回濾食，蝶魚穿梭於千紫萬紅的珊瑚叢間，啄啄停停啄啄，珊瑚翕張著觸手如開闔的花，正忙碌捕捉浮游生物，海面下的種種生物和陸地上生物一樣為生存熙攘往來。等待潛季望眼欲穿的我，此刻貪看眼前形形色色，哺餵久居陸地乾涸的心。

渾然不覺腳邊石狗公潛藏。

牠偽裝得太成功，身上如海藻般的茸茸觸鬚，黃褐斑駁體色，粗糙崢嶸的外表，與周遭環境融為一體，骨碌碌的雙眼不易被發現，趴伏在礁石上，戽斗大嘴隨時警戒，耐心等待走霉運的小魚經過，牠那不善泳動的體型胸鰭尾鰭，卻能在瞬間暴衝上前，一口吞噬小魚，不留殘鱗。前一刻不動如石，後一秒鐘囊胃中已在消化一道遭遇莫名橫禍的冤魂。

彼時我正湊近礁石盯著指甲大小的海蛞蝓，玲瓏可愛，但極盡目力把雙眼看鬥了，牠身上紋路顏色怎麼也看不出所以然，只好放棄，轉身準備繼續欣賞蝦蟹魚群，卻和隱伏在一旁的鬼石狗公打了照面，不禁全身細胞瑟縮，頭皮麻刺，暗自慶幸：好險哪！

初學潛水時，除了技術問題，我最常被潛伴叮嚀的，無非是多留意身邊腳下的生物，不管是脆弱的或者有毒的。脆弱的生物自然是禁不起人的粗魯莽撞，但假若遇到的是有毒的生物，便整個情勢大逆轉，是人類身體承受不起碰撞的後果。但是，往往脆弱與劇毒二者同時兼具，因為脆弱，所以必須藉毒性來防禦。

為了能安全優游水中，我蒐集幾本水生有毒動物圖鑑，在陸地預先做功課，食毒、咬毒、刺毒，書中依界門綱目科屬種及毒害方式，將危險分門別類，我則換算成自己的速記公式，重新標記毒性輕重緩急：具食毒的魚類最不可怕，我志在欣賞並不獵漁，用不著特別防備。至於咬毒咬害，我無意變成大魚的盤中飧，鯊魚海狼的尖嘴利牙自然會謹慎提防，只遠觀不敢褻玩。而最常發生的刺毒，如水母、珊瑚、鰻鯰、剛毛蟲、獅子魚、魔鬼海膽一類，雖一向敬而遠之，倒有可能漫不經心誤闖其勢力範圍，最須步步為營。只是陸上再多的紙上談兵筆記圈點、潛伴反覆耳提面命，入水後我便迷失在五光十色的海洋，對琉璃水世界貪癡，對危險愚騃，進入水中我仍是冒失的我，不管海陸，貫徹始終，按圖閃躲依然問題重重。

書上原形清楚畢現的生物，其實在海中個個都是擬態高手，四散在不起眼的角落，例如：礁石上可能躲藏著醜怪的石頭魚，如隱形人般靜默，不易察覺，卻又痛惡別人對牠的忽視，即使無心觸犯，牠也會突伸毒棘予人痛苦一擊，甚至致命的教訓；而獅子魚靜定時彷如岩礁，行動時又美得招搖，並非一味虛張聲勢，牠把所有的厲害全披掛在身上展示，令人自動走避，胸背上的長短毒鰭不僅用來威嚇與防衛，受干擾時可會憤怒攻擊人，教人嘗嘗輕狎牠的苦果；任何礁石洞穴也別隨意靠近，也許藏躲著視力不佳的海鰻，應是天生的障礙使牠特別膽小與警敏，覺知生物接近時不由分說先咬上一口，把攻擊當成最佳的防禦；小小的芋螺外殼圖案雖精緻極具吸引力，令人寶貝珍愛，是收集貝殼者的尋獵對象，但活生生的芋螺卻千萬起不得貪念碰觸不得，萬一讓齒舌螫上一針，可能導致四肢乏力、心臟痲痺；至於海蛇滑溜、陰冷、不可信任的神態，已在黑白相間的紋路中一覽無遺，更是毋庸置疑的致命大毒；而看似平坦可以鬆懈潛行的沙地，也許魟魚早已搶先一步趴伏著休憩，粗心踩上牠，便得吃牠一記捲起長尾末端的棘刺，那毒棘堅硬如鐵，能刺穿鎧甲，遑論脆弱的皮膚。

凡此種種，如果我也有孫行者的火眼金睛，就能一眼看穿妖冶豔麗軀殼、或者顢頇平庸外表之下，究竟祕藏著什麼毒針刺，不致置身險地依然魯鈍懵懂。

有些毒害索性不避諱，而以聯盟結黨的姿態出現，令人想閃避也無處可逃。幾次遇見密密匝匝的水母群，像移動的透明水雷布滿海面，水母奮力的吸吐海水，傘狀體不停收縮、收縮，不間斷鏢射出毒絲，四散成天羅地網，遠距看時覺得牠款款的舞姿輕盈曼妙，等到身在重圍中，卻覺得細如髮絲的透明觸手令人不寒而慄，非但揮之不去，越是掙扎反而黏附越多，暴露在潛水衣之外的頭頸一陣陣痲刺癢痛燒灼，狼狽上岸後一一檢視，多處紅腫，臉目變形。面對這種群體的毒害再慎行也無濟於事，全身而退是種奢望，總要留下傷痕讓水母群充作戰利品，才能狼狽退場。

或明或暗的危險一直存在，那是生物覓食與防衛的手段，江湖風波惡，每種偽裝拐騙圍剿只是為了生存繁殖。不是食物，可能是敵人，不是敵人，也可以是磨礪尖牙利舌的練習對象，我提醒自己不要把陸上的無知帶到海中，陸地的種種脣槍舌劍交戰，意念毒絲的纏繞，除了生存，更可能是演化的變種毒性，放毒僅僅是為了遊戲，替平淡製造趣味，與生死存亡無關，對某些物種而言，別人的存在就是威脅，總覺得惴惴不安必須去之後快。我對追獵與防禦危險太沒有想像力，甚至在眾人競相走避時，仍聞嗅不出空氣中隱約散發的毒素，浸潤其中直至結果慘烈。檢視身上曾經潰爛如今層層結痂的傷口，縱橫心臟瓣膜暗紅醜陋的蟹爪疤一吋一吋增厚，我不斷從錯誤中學習，依然不懂觸類旁通。我懷疑，即使也有一本陸地上有毒裸蟲的圖鑑供我辨識，恐怕也是收效不大。幸運之神給予我的無知太多庇護與獎賞，但進了海中，幸運之神是旱鴨子，只會留在陸地無奈地看著。

我也疑惑地看著，眾多避毒唯恐不及的水族中，小丑魚顯得特立獨行，蟄居在海葵的毒刺絲胞中安然而無憂，久之，漸漸靈光閃現，也許我該學學小丑魚的洞見，一點一滴適應海葵觸手的毒刺絲胞，忍受那切膚之痛，痛從來不會麻痺，但會形成保護膜，保護膜之下純真仍未斲喪，還會多了一副世故鎧甲。像小丑魚安穩藏在再也傷不了牠的海葵觸手中，有一些已然習慣的謠諑及小災小厄纏身是最好的藩籬，讓意圖攻擊的人因為沾惹不起而放棄，從此紅塵是非不到我。不會放毒的人，無意中沾染些毒絲反而能嚇阻意志不堅的敵人。

潛水的樂趣還在其次，看著水族的生存方式令我心鏡逐漸磨得雪亮、透澈。

澄透的心鏡讓我不再只照見水族施毒的表象，而一味怪罪，人類本來不在毒針毒劑的擊射範圍內，我魯莽闖入牠們生存禁區，即使無心也造成騷擾，我無權只要求享受海中的繁華絢麗，而不懂繁華絢麗背後有一股自然且殘酷的機制維持平衡與多樣，珊瑚捕捉浮游生物、棘冠海星吃珊瑚、大法螺及油彩蠟膜蝦吞噬拆解棘冠海星，人類收集大法螺……所以，我必須為無心之過付出或大或小的代價，毒與痛，正可以換來彼此日後交會的相安無事距離。不管有無毒性，該一視同仁，饒有興味看食物鏈中的每一鎖環忙碌施毒中毒、狩獵與被吞噬，甚且進一步了悟，既是「自然」就無所謂殘酷。更何況毒多半是一種防衛，劇毒往往也意味沒有尖牙利齒的極端脆弱。

如果魚也講究食物的色香味，以鬼石狗公的醜怪，大概難以引起食欲。牠的背鰭、腹鰭、臀鰭均具有毒棘，據書上記載，毒液除了使人傷口腫痛外，能逐漸蔓延全身，引發神經錯亂、痙攣，甚至休克、死亡。有如此長相，牠的天敵吞嚥下口之前難道不曾猶豫過？依牠必須擁毒自重來推測，顯然只在乎果腹而不管牠外貌的天敵所在皆有，至少在台灣餐廳料理，知道拔除了毒棘，肉質鮮美細脆令老饕垂涎。連劇毒也使不上力的時候，鬼石狗公是否要無語問蒼天？牠無論如何也敵不過求溫飽之外，口腹欲望高漲，嘗鮮嘗怪的挑剔味蕾。鬼石狗公如果有群體記憶與經驗傳承，跟我打照面後驚嚇退避三舍的該是牠，而不是我。

潛水日久，我逐漸別具隻眼觀看陸地上的種種人，他們將施毒演化得精緻巧妙而神奇無形，無暇下水時就在陸地「乾潛」，一一將其歸類對號：有「人不犯我，我亦不犯人」恩怨分明的水螅；有一碰觸體表便分泌有毒黏液的肥短海參，眼睛不小心接觸黏液便導致失明，讓人痛悔對牠小覷；過度自閉、不斷過濾海水，只進不出累積過多藻毒而無法宣洩的硨磲貝；還有隨環境變化瞬間更換體色以求「和光同塵」，能伸能縮的柔軟身骨，足智多謀、好勇鬥狠並且同類會自相殘殺的豹斑章魚；牙齒銳利性情凶暴，見亮麗或反光物質便發狂攻擊的竹針魚……某人輕毒、某某人中毒、某某某大毒，一碰斃命。諸如此類，我的陸生有毒動物圖鑑漸漸成書，時時翻閱，作為在職場行走保持安全間距的備忘錄。那間距也是眾生自信的厚度與自保的毒劑射程與尺度。惟其自信，不至於對近旁的人事滋生莫名敵意，以為將不利於己、威脅自身的生存空間，攻擊越頻繁猛烈，越掩飾不住潛意識貧瘠不堪試探的自信。

我相信，如果能深諳尊重、閃躲與急救之道，長期毒裡往來，將會練就，百毒不侵。

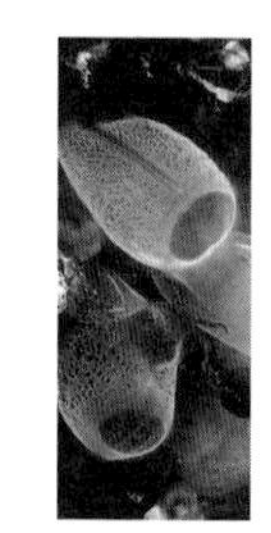

以水族之名

在水族中我看到太多自己的面相與渴望，不是單一稱號可以概括說盡……

一些潛水的朋友習慣以海中生物來作為自己的暱稱，或取其形，或取其音義，如自號「鮪魚」的，想當然耳有個肥厚敦圓的肚腩；而姓馬的，自稱海馬也不為過；其他為某種特別的因由而屬意某種生物的，便以之為名。擁有這樣的暱稱，彷彿自己也可以像水族般優游自在，不管在海中或是陸地。

有個朋友綽號刺規，通稱刺規的眾多魨科是潛水者最喜歡逗弄的海中生物，因為牠不像人類臉孔的細緻，一顰一蹙喜怒哀樂都差錯不了，牠彷彿不知如何擺弄自己的表情，往往似喜實嗔，被潛水者捉弄的時候，本是憤怒，卻把身體鼓脹成令人發笑的憨態，以為棘刺豎立可以嚇唬人類，反招來更多的戲謔。而牛角魨算是「箇中翹楚」，看起來像小巧的海中牛魔王，但是兩隻短犄角只能拿來裝模作樣，被逗弄時一樣顯得倉皇，似憤怒的牛低著頭，以短角想抵觸任何橫阻在前的人牆。而我的刺規朋友其實是個不懂裝腔作勢、極為熱誠和善的人。被稱為刺規，半是因為他的門牙很像掀著嘴試圖威嚇人類的二齒魨，半是因為他手藝精巧，擅長料理魨肉，又能把刺規做成燈籠及裝飾品。不過這是多年以前的事了，自從他開始學習海中攝影，以同樣精細的手藝去設計改良海底攝影器材，就不再捉獵刺規，然而這綽號卻一直跟著他，每當不知情的人問起，便要把當初他捕捉刺規、料理刺規的過往重述一遍。

有一種稀有的侏儒海馬，又稱為豆丁海馬，約一公分大小，模仿牠所棲息的海扇唯妙唯肖，相同的粉紅色或黃橘色，連身上的小肉瘤也長得像海扇，極難發現。唯有識途的導潛才能知道哪一株海扇是豆丁海馬的家，又有多少住戶。即使知道，也幾乎得將臉貼在海扇上，甚至用手地毯式的摸索，當豆丁海馬被驅趕而移動時才能發現蹤跡。一旦發現，便可利用微距攝影清楚看見牠尾巴勾著海扇，鼓著胖腮嘟著長嘴可愛極了。有個人便自號豆丁海馬，當他興沖沖宣布這個綽號時，眾人面面相覷無言以對。此人不知為何極不得人緣，潛水的時候像過動兒，見到新鮮東西喜歡動手動腳，這裡翻翻，那裡敲一敲。忽前忽後，忽而左右上下，哪裡有人便往哪裡擠，不管別人正屏息凝神拍攝東西，一湊近呼嚕呼嚕吐氣，把旋鰓管蟲嚇得縮進管中、驚動迎著海流覓食的藍色管鼻鯙縮回洞中。常常潛水的過程中不管周遭的人，粗魯踢到潛伴的頭、面鏡、二級頭，甚至猛然一個回身，鋼製氣瓶也會撞到別人，別人緊撫痛處時，他兀自走開，毫無所覺。一起潛水幾次後，我便對他保持距離，饒是如此，他還是神鬼不知地出現左右，等我發覺時，多半是已經吃了他蛙鞋一腳了。所以，不知道豆丁海馬是該慶幸自己受到如此厚愛？還是悲哀有人極不相稱地以牠為名？我倒私底下把他稱作棘冠海星，棘冠海星沒什麼不好，只是，當牠沒有天敵無限制繁衍的時候，就變成珊瑚礁的災難，而這個自稱豆丁海馬的人，只要一個人就具有相同的效果。

台灣因為氣候的限制，東北角潛季只有夏天短短三月，一到假日，海中潛水員駢肩雜沓，比魚群還多。有位朋友不喜歡和大隊人馬一起潛水，常常利用非假日才有的寂靜時刻，自己帶著相機氣瓶下海，不理會什麼潛水安全守則，一待就是一兩小時。一些司空見慣再平常不過的景致，透過他的鏡頭卻可以詮釋出空靈、夢幻的詩境與禪意，站在他的作品之前，再喧騰浮躁的心也會冷靜下來。這樣特立的潛水者像一匹曠野中的狼，卻在這股尋名的熱潮中缺席，但是，他獨自往來的身影令我腦中不知不覺浮現海狼的形象。潛水者稱為海狼的梭魚，長成一米左右，便會離群獨自出走，像個身材頎長披著銀亮鮫紗鎧甲的武士，行蹤飄忽不定地在汪洋中尋獵，渾身透著高傲森冷的氣質。當牠不耐煩人類的窺伺侵擾時會凶狠反擊，潛水者對神祕的海狼又著迷又敬畏。因此，再怎麼自我感覺良好的人也極有默契，不以海狼為名，那是眾人可望而不可及，不能玩笑褻瀆的稱號。但我卻願意給朋友這個尊稱，雖然，他不見得在乎，也許還嗤笑。他已經把所有對人的耐心全放在摯愛的海底攝影，像海狼般的孤獨、矯健、銳利、精準的捕獵天分，全化為攝影題材與詮釋的聞嗅直覺。

除了自己命名，潛水員也會彼此笑鬧著取綽號，即使開始抗拒，但被喊久了也只好默認。如有人就叫「蝦魚」，蝦魚扁平身子，方便躲藏在有毒刺絲胞的柳珊瑚水螅間尋求保護，恆常成群倒立覓食，遇到敵人來襲，才恢復水平的泳姿快速逃命。綽號叫蝦魚的人便是經常在海中以倒立之姿潛水，這是不得已才採用的姿勢，多半是無法維持不升不降的中性浮力，有快速浮升水面之虞，故不得已頭下腳上，手緊緊抓著底部礁石穩定自己。日後即使潛技進步，這「蝦魚」的稱號恐怕還會跟上一陣子，除非有更菜的蝦魚出現。

而綽號鮣魚的，便像是鮣魚緊貼著鯊魚、烏龜或其他的大型魚類以求庇護或撿拾主人所吃剩的食物般，初級潛水員因為恐懼也緊拉著教練或潛伴，甚至在別人有意訓練他獨立而甩開他的手時，依然不放心地踅回來，偷偷躲在別人後上方，改為抓住氣瓶，這時被依附的人只好假裝不知。每個新學潛水的菜鳥或多或少都當過鮣魚，這和蝦魚一樣屬於初級潛水員的通稱。

說來奇怪，許多令人嘖嘖讚嘆的鮮豔蝶魚反而不在眾人的選擇之列，似乎，美麗僅能只是美麗，是沒有個性、不值得深究的，更別說拿來指稱自己，大夥寧可選擇又土又怪的，如會變色的八爪章魚或花枝，至少被潛水員緊追不捨時，牠會邊逃命，邊一路隨周遭地形幻化顏色，彷彿有些個性與人生哲理寄寓在其中，比起花花豔豔的蝶魚上乘多了。

另一個共同的擇名特點是，大夥多半以獨行俠之姿出現的動物命名。也許像金花鱸、雀鯛、烏尾冬這些魚族每每成群迎著潮來的方向張著嘴逆游，一忽兒向東，一會兒又向西，這樣太常見的景象無法讓人有什麼嚮往與遐想，頂多像是不停歇地為食物庸庸碌碌的芸芸眾生，更別說願意將自己比擬成金花鱸中的一員，雖然現實生活的確如此，但大多數人不太願意承認。即使是潛水員目為奇景的隆頭鸚哥，每天固定清晨集合，列隊通勤去珊瑚礁區用餐，挨挨擠擠，張著鑲嵌藻類的髒汙大板牙喀嗤喀嗤，把珊瑚啃成沙泥，也因容易令人聯想到那些大嚼大啖吃相難看的貪官奸商而遭棄置。群體行動的魚族畢竟太貼近人的生活樣態，大多數人不得已置身人群中，卻不時希望能拋開人群，像個獨行俠般的被人遠遠仰望。所以，孤獨、醜怪、稀有，才是眾人以為自己該有的形象。

至於我，因為對水的莫名恐懼，曾經當了近兩年的鮣魚，才終於放開別人的手蹣跚潛游。不當鮣魚之後的我在別人眼中又是什麼？沒有人透露。我倒曾玩笑地自稱是螳螂蝦。螳螂蝦最吸引人的是兩隻眼睛像潛水艇的潛望鏡般，會左右上下隨時移轉不同角度咕嚕咕嚕轉，你瞪著牠瞧的時候，牠也老實不客氣回瞪你，和人玩著誰會先把眼睛移開的遊戲。其實誰也不敢小覷牠，牠比陸地的螳螂厲害多了，高擎的兩隻鉗螯強而有力，可以彈破堅硬的貝殼取食貝肉，曾有潛水員不知厲害，用手逗弄牠，結果即使戴著手套還是被挑斷手筋。看似平凡無害，可態度輕佻戲耍，其實也正因如此，才使人鬆懈心防，對凡事喜歡動手摸摸、研究研究的潛水者來說，這才是可怕的偽裝。我不是這樣的狠角色，但日常遇到不平不公的事時，我但願我是。不再秉性愚懦消極面對，不會遇到挫折、傷害、誤解時一味退縮，甚至連憤怒也只能嚥下，躲起來慢慢消解，像是躲在洞穴中不輕易現身的櫻花蝦，頂多膽怯地用觸鬚試探外面的世界。但是，這個稱號也只是說說而已，別人怎樣也不了解我的心思，無法將螳螂蝦和我做一處聯想。

我也曾把目光放在極低等的脊索動物——海鞘，附著在礁石上極不起眼的角落，大概只有微距攝影者會注意到牠們的存在，只有個一兩公分大小的被囊，卻擁有鰓囊、胃、肌肉纖維、內臟來負責呼吸、消化、循環、生殖，被囊上一個進水口、另一個出水口，融合環境成橘色、藍色、綠色……有的體腔純然透明，但在微距鏡頭下，竟顯現如挪威畫家孟克的〈吶喊〉一畫中那驚恐的表情，及面臨末世似的聲音喑啞、極力嘶喊的頭像，看著看著，也不由得跟著驚惶起來。

靜觀海鞘，可以看見牠總是看似大口大口貪婪地吞噬，充填永不滿足的飢渴，我想像牠無聲地吐洩的是無人能譯解的悲歌，那是我的夢境中常出現的圖像。但是以此為名畢竟太慘然，每呼喚一次，彷彿把夜裡的夢魘在白日下再次提醒一般，我最不需要的就是這種提醒，這種陰暗的人格角落，恐怕挑剔出來也無法化暗為明，無法將它攤開曝光後，消蝕無跡。而以海鞘為名，卻又是一段人前難以解釋的心事了。

真正可以讓人莞爾一笑是我改稱為硨磲貝的時候。

除了絕少參加活動，我恆常在朋友聚會中靜默得令人尷尬，彷彿武裝著一層厚殼，將自己與外界隔絕，令人無法一窺究竟，「硨磲貝」是能贏得會心咳笑的暱稱。又稱五爪貝的硨磲貝，有的鑲嵌在礁岩中，除了過濾海中的浮游生物，還有斑斕的共生藻類提供養分，因此可以長得比一般貝類來得巨大，成一個自足的世界。當牠開啟如搖擺生波的裙裾般厚殼時，總現出色彩豔麗甚至迷幻的內裡，吸引海底攝影者的眼光。但硨磲貝又對水流感覺銳利，一察覺異狀，便闔上硬殼，敏感而閉鎖，任憑訪客如何敲叩都不應。牠更故布疑陣讓外殼附生斑駁的藻類，紅褐綠……各色相間，使自己徹底融入複雜的礁石背景，躲避垂涎覬覦的天敵，因此外表看來便顯得曖曖無光，甚至是嶙峋醜陋。而我喜歡隔著令牠心安的距離遠遠瞧著，靜候。等牠經過不知多久的閉關蟄伏後，決定輕啟厚唇悠悠吞吐海洋的故事，偶爾間歇溢出的大小細沫，彷彿是我倆之間的摩斯密碼，我注目，保持距離傾聽，不會像其他人受迷惑而魯莽靠近，我深知美麗的不是硨磲貝內魔幻的顏色，是人們易感的心。

牠自給自足，可以不假外求而封閉，厭倦面對一切時，便自顧闔起門圖個清靜，彷彿是我的生活寫照。所有人情往來維持最低最必要的接觸，能不出門的時候，我窩在家中，直至存糧告罄才不得不出門採購，這是我唯一遠不如硨磲貝之處。大致而言，這個稱號我當之無愧。

海底生物忒多，每一種都有些令人嚮往的特質，尋尋覓覓中，已然錯失機會，我喜歡的事物別人也有相同的品味，或者，毋寧說美麗的事物本就具有吸附眾人目光的磁力，許多喜歡的生物因我的遲疑，因我的多情而不專情、貪多務得，已經被別人捷足先登搶先命名。就這樣不斷尋找、不斷詮釋、又不斷拋棄，在水族中我看到太多自己的面相與渴望，不是單一稱號可以概括說盡，褪蛻了鯽魚的稚齡期，在茫茫大海中，我尋思，自己還可以是什麼……

海葵心事

只要她選擇了居所，便有終老一地的打算。
她原本就是無脊椎動物，沒有可以支撐的原則與堅持。

潛水這麼多年，終於可以告訴你一些故事。那是從海洋的超大螢幕日夜播放的生活視訊所得知，我不知道和我一起下海的潛伴是否看到了？他像大多數的人一樣，只能看到想看的、只能聽到願意聽的，有時更是不見不聞的。而且，既然他也在現場，他定會挑起一邊眉角斜睨著否認，說我太多妄想。我只能說給與海洋有點距離的你聽，距離和想像往往成正比，距離有時又和了解成正比。就像我的親密潛伴和我日夜相守，可是他鮮少將視線投向我。而我和海葵間有著遙遠的物種差異，但說也奇怪，我竟毫無困難懂得她的心事，我就轉譯給你聽：

每次潛水，總看見海葵揮舞觸手，過濾浮游生物為食，固著在珊瑚礁海床，被動地等待由命運漂來的食物，身上的共生藻雖也盡義務供養宿主，但她總是在飢渴中。身上密密匝匝的入水孔不停收縮吞嚥海水、過濾海水、排出海水，無法滿足的腸胃總驅使她一刻也不停隨海流狂舞，向虛無中抓取一些什麼往腔腸中送，我的凡胎肉眼自是看不出什麼東西能令她真正飽飫。可能她自己也不知道。覓食已成為習慣，而且看似是存在的唯一目的，她就是無法停止下來。

只要她選擇了居所，便有終老一地的打算，不管是珊瑚礁上的裂縫，或者別人以為不甚穩固的沙地、但其實是深埋在沙地下堅硬的基底。與其說她安土重遷，不如說她對改變環境有病態的惰性，儘管現況有太多的不利威脅著，除非生死存亡關頭，她才展開細足緩慢遷徙，一步一徘徊的速度令人不得不懷疑，她根本找不到理由可以說服自己離開。因此，對那些曾在周遭出現過、隨海潮漂流不再見面的大小水母，便很難想像他們的心情，在她看來，遷徙是充滿凶險與驚怖的旅程，生命並不如水母透明的身體，可一眼看穿內裡，就這樣勇敢交給未知，是她想來就要寒慄的。

如果被裝飾蟹背負著到處遊歷，算是可以脫離一成不變的機會，她以刺絲胞替裝飾蟹防禦他的天敵作為回報，嚇止意欲染指的生物，觸手上的毒刺絲胞全是她不為人知的怨、憤懣所化成。只是裝飾蟹從來不是從一而終，他只在面臨威脅時才想起她的好處，一解除危機，便嫌她是個負擔，隨時都可能絕情拋下。換新寄居殼時，如果尚未厭棄她，也會順手把她帶到新家上。裝飾蟹對她簡直予取予求，她連這個也無能拒絕。

到底她是喜歡改變或不喜歡？也許該說她極度厭倦選擇。被裝飾蟹隨機的揀起，又毫不遲疑、無所謂地拋捨，一切都在造化的安排中，她不必費心，該老死一地時聽天由命心安理得，需要發洩怨怒時又理直氣壯。她原本就是無脊椎動物，沒有可以支撐的原則與堅持。

她忘了體內須臾不離的共生藻，只謙虛卑微地向她要一點陽光，便可以把她呼噓出的沉悶廢氣轉化為營養，餵養她，又在纖纖觸手上施予或天鵝絨般、或金黃色的粉黛，及觸手尖端上的紅紫藍綠蔻丹，讓她在人類的燈光與鏡頭下呈現妖豔異常的容顏。而她卻總是記得別人沒有給予的。

海葵蝦海葵蟹也會來依附她，常為她舉起雙螯擊退企圖侵犯的海星、海蛞蝓，她對不畏刺絲又肯為她挺身而戰的一律接受，不過海葵蝦也一樣忘恩負義，每當食物匱乏時，也會搶奪她辛苦捕獲的，甚至吃起觸手充飢。

海葵以為真正需要她的是小丑魚。

眾人皆以為小丑魚讓荒瘠的海葵變得豐富。只有她明白，外面的世界對小丑魚來說太大、太險惡，那不善泳動的尾鰭和肥短身體曲線逃脫不了強敵獵殺，只能尋求她的庇護，躲在這一方小小天地。從冷然拒絕到願意接納，她和小丑魚經過長期的磨合。刺絲胞是海葵用來獵食、防身的武器，對不是敵人的小丑魚來說，同時也是一道藩籬，小丑魚必須像探湯般一點一吋挨近又縮回，挨近又縮回，忍受她的毒舌鞭笞，逆來順受尋求認同，對攻擊產生抗體黏膜，才能遷入她的懷抱，轉而安身在這毒刺中。未習慣前是毒絲，適應之後，毒絲遂成小丑魚防禦獵食者悠悠眾口的盔甲。

海葵自認沒有必要為小丑魚改變自己，也並未全心接納小丑魚，只當他是禁受得了則留，忍耐不了則去，她對誰都不特別通融。而且那防衛她尖舌利刺的能力也僅僅適用於她，無法證諸四海皆然，她太清楚所有的海葵都有她的千轉百迴心腸，每一株海葵都要自己的毒刺是唯一，無法複製，即使小丑魚遷離到別的海葵上，她也要他咬著牙忍受新怨，比較著舊歡。

只要小丑魚離開一陣子再回來，她便翻臉不認，所有步驟要一次次，懺悔重來。

一開始是她收留了小丑魚，但是小丑魚留下來後，也慢慢擔負起護衛她的工作。太平無事時，前前後後甩動身體，把她身上的沉積穢物抖淨，清除敗壞的觸手。以自己鮮豔的色彩為餌，在觸手間鑽竄，吸引好奇的小魚注意，一旦小魚被催眠似地接近死亡陷阱，等待已久的海葵伸出毒刺捕獲，他便與她一起分食。

對於毫不在乎她的刺絲胞的海蛞蝓、海星、蝶魚來說，都當她是手到擒來的食物，吃定她的。這些天敵對小丑魚卻不構成威脅，小丑魚努力為她驅敵，海葵知道這種殷勤其實也是為小丑魚自己。一旦她受傷而支離殘破，便無法提供小丑魚安全庇護，二來她也挺敏感，察覺異常動靜便自顧縮回礁盤裂縫，或折疊成球狀，將觸手包裹起來，小丑魚若來不及跟上，她便狠心讓他無依無憑懸在原地，成為其他大魚的珍饈。

一如她對共生藻的態度與觀感，她非常肯定小丑魚需要她。她不知小丑魚是否甘心情願蟄居在這尺寸之地？讓他們緊緊相依的竟是對外的戰戰兢兢，需要一起防禦、共謀。雖然不是在乾涸的陸地，他們仍相濡以沫、相呴以毒絲。她常看他浮升到她觸手所不及的高度，禁不住好奇與懷疑，他到底在遠眺什麼？

在人類眼中海葵與小丑魚是絕佳拍檔，這樣的認定反而囿限了他們彼此。一方只能是另一方的影子，單獨的存在變成一個未完足的語句，必須等到另一方的出現，才能畫下令人心安的句點。大家想到的是「海葵與小丑魚」，而不是海葵，也不是小丑魚。他倆是被生存的手銬鎖住的雙盜。

海葵生活得小心翼翼，不行險僥倖，但意外還是會自己尋來。也許就在一個再平常不過的日子，她驚覺一陣陣痛楚，蝶魚正在啄食她，等到將眾多觸手收攏，蜷曲成球狀時，她也已經負傷累累。一一檢視受創的肢體，她卻瞥見原來在上方發愣的小丑魚突然變得驚懼騷動，慌張試圖藏匿，一旁覬覦已久的魚便猝不及防將他一口吞噬，優哉游哉反身而去，只留下幾片殘餘鱗片姍姍飄落。

風平浪靜之後，她慢慢舒展開觸手，沒有多餘的心思去回想，她的傷可以慢慢再生恢復，至於小丑魚……會有其他小丑魚乙丙丁戊上門的，這樣的經驗在她百來年的生命中並不少見，早練就對意外無動於衷。

她很好奇住在深海的另一類海葵，據說可以活到一、兩千年，度過自己也記不清的悠悠歲月，她們的觸手是否依然柔軟、刺絲是否更為狠毒？只是她後來常常陷入一種恍惚，發現自己漸漸縮小，縮小成為簡單構造的共生藻，自己在自己的體內，寧靜而卑微地，沒那麼多的曲折心思與負荷，只渴求從外透進來的一點點陽光。

每次背著氣瓶潛入海中，就看到海葵的眾多觸手在海流中競相比畫著手語，悲悲切切告訴我關於她的心事，而我的潛伴只懂得玩笑逗弄藏躲在海葵中的小丑魚。

畢竟，我們經常注視著同一件事物，但，總是解讀出不同的意義。

只能說給你聽。

不喜歡自己

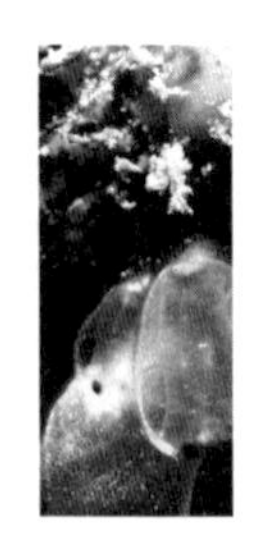

別人除了對他的殘缺與悲苦視而不見，不丟下一枚憐憫、一張施捨之外，更想快速通過……

之一　擬態

石狗公只想躲起來，不讓別人看到他的存在。

因為生性愚鈍，動作慢憨憨的，無法和那些矯捷的身手拚搏，他所渴望的那些目標，永遠在身邊誘引，一邊又投以不屑的眼神看他完全束手無策。

所以石狗公懷著既悲苦又羞憤的心情，隱身在礁石或海綿之間，礁石斑駁，他也斑駁，礁石覆蓋了藻苔，他也努力長幾根觸鬚像是點染幾許藻苔，再覆蓋些細砂石就更像寂然不動的礁岩，把自己裝扮得越醜陋越不引人注意最好，輕蔑的眼神若能忽略他，更好。

或者，顛倒過來說，他因為長得醜陋，疙瘩腫疣布滿全身，沒有一處平整，他像是上帝在彩繪完花花豔豔的珊瑚礁之後，洗滌畫筆的一渦髒水，或者，也像上帝形塑完萬物之後棄置的一坨廢土，意外有了生命，他恨不得把自己藏起來，所以想深深地融進周遭環境裡，化為背景的一部分，希望別人都不要察覺他的存在。他討厭自己的存在。

但其實，他是多慮了，別人自始至終，只把他當成鬧市中匍匐在地的乞丐，視為街角的一部分，而且是最醜陋的那部分。別人除了對他的殘缺與悲苦視而不見，不丟下一枚憐憫、一張施捨之外，更想快速通過，但他是如此地立體，如此佔有空間，即使他不是這樣，人們也不想要從他身上一跨而過，怕醜陋會像跳蚤一樣，在跨步的瞬間跳轉到自己身上。

石狗公將自己化身背景的好處是：沒有人會提防他。強勁的對手他也許沒轍，但是不知輕重的小魚也學了強者的勢利沒把他放在眼裡時，他就不客氣了。他集中火力一搏，令這些輕狂的小魚猝不及防，張大口吞下。但他的攻擊也只能那樣的一下，有時得逞，有時失敗，得逞是對他長久的挫敗與守候的小小補償，失敗的話也就失敗了，放棄繼續攻擊，因為他無法跨越自己的地盤一步，好不容易化身為背景中一個不起眼的點，他才不願意換個環境從頭來過。

他有一對看似蒙昧不清的眼珠子，但可以把一切瞧在眼底，卻同時保持沉默，這種沉默使他變得有點鬼祟，尤其對那些行事不光明磊落的人而言，石狗公是最鬼祟不過的。行事不正的人因為自己鬼祟，所以特別會注意到其他人注意不到的角落，於是就發現，躲藏在背景中的那一雙蒙昧又鬼祟的眼睛。

「最容易發現鬼祟者的，原來自己就是鬼祟者。」石狗公雖不喜歡被視為鬼祟之輩，一切都是不得已的，但被這樣看待的時間久了，他也如此看待自己。然後，他就發現這個定律了。

不喜歡自己的石狗公，也不喜歡別人，把所有的怨怒都化為一根一根的毒棘，所以，你以為他真的躲起來了嗎？也許吧，他攜帶了毒鬥武器在陰暗角落躲得好好的呢！

之二　模仿

他不喜歡自己是那麼平凡，那麼脆弱，在弱肉強食的海洋世界，一點防禦的能力都沒有。怎麼辦？

只有像大多數的弱者會採取的行動——向強權靠攏。

他眼中的強權並不是有滿嘴利牙的大魚，那距離自己的世界太遙遠，他選擇體型和自己相近的傢伙。他混在那一群體中，觀察他們身上的裝飾，照著樣子也在自己這裡加一點黑色斑紋，那裡多一點黃藍的顏色，把側扁的身材修飾得更接近他們的圓筒形，模仿他們尖著嘴及舉手投足，何時覓食，何時休憩，他像人類學家及心理學家，把對方研究得比他們自己還了解自己。

常常，他們不經意的行止被他當成一回事地又畫粗線、又加註解地行禮如儀，他們起初覺得眼熟，後來才愕然，彷彿面對著哈哈鏡，懷疑自己真的曾經這樣嗎？那被扭曲而奇形怪狀的形象怎麼看都是一種嘲諷，不像是被當成偶像般的致敬。而他們因為人多，因為是被模仿的對象，他們彼此之間一模一樣，無分軒輊，所以對群體中偶然混進來的這個模仿者，有一股被崇拜的飄飄然和虛榮，也就欣然接納，畢竟，他除了可笑之外，也無啥妨害。

那群傢伙到底有什麼了不起的地方，值得他這樣模仿？說穿了，只不過贏他一點，就是他們擁有毒性，讓別人不敢動歪腦筋。所以，怯懦的他一心以為有人將吞噬他（其實也真的是，在那樣魚吃魚的世界，有辦法的話，誰不處心積慮張羅一個護身符？），就靠著模仿別人來保全自己，說來，還怪可憐的。

因為不想當自己，他對自己身上那第一背鰭所特化成的強棘不知如何是好，對於擁有這個他們所沒有的特徵，他完全沒有自信到底是好還是壞？如果出發點是模仿，終點是唯妙唯肖，這個特色顯然是遮掩不了的敗筆，如果提高終點線在青出於藍，這個特色完全可以為護身符加強效力，是前者或後者？他一直無法判定，為什麼別人看起來都是渾然天成，增一分太肥，減一分則太瘦？而他因為不喜歡自己，對學來的假東西全心接受，對自己擁有的真稟賦卻疑神疑鬼，像借來的行頭一樣，怎麼穿戴都不安穩。

但是，不管怎樣，這種個人特質他注定擺脫不了，這使得他雖然混身在模仿的群體中，還是被行家一眼識穿，不須借助放大鏡就可以看出是個贗品，他只能矇混那些粗心大意，不講究也不識貨的。

僅僅是這樣，也足夠他脫離險境了，畢竟，世上沒眼光的人居多，而，他只要仗著似是而非的外表，在別人起疑卻未採取追捕行動之前溜掉就可以了。

我說的是模仿橫帶扁背魨的副革單棘魨，他的確就是這樣的魚啊，一點也沒錯。

遺留在海中的

讓人不得不懷疑，不是自己記性出了差錯，而是海神暗中伸出隱形的手，自行拿走祂看上的東西……

八月的印尼科摩多島北部，水溫只有二十六度左右，雖然有五毫米防寒衣，又穿戴了頭套背心，在水中久了，我也禁不住牙齒發顫，腳板開始抽筋。

結束潛水，上升至水面漂浮了一陣子之後，準備脫卸蛙鞋好爬上接駁的小船時，才發現蛙鞋掉了一隻。教練和導潛要幫忙下水尋。慮及底下是十來米深，也不知何時掉的，又掉在何處，黑暗中如何找？科摩多的暗流是出名的，我請他們別找了。但教練決定試試，定價一雙六七千元，不是小錢，而且接下來三天半的潛水，如何少得了蛙鞋？

茫茫大海中尋找沉沒的鐵達尼號和撈針沒什麼兩樣，更何況尋找蛙鞋，結果無所獲是可以預期的。值得慶幸的是，有人多帶一雙可以相借，不至於來到潛水勝地，只能眼睜睜留在船上看別人優游大海。

不知是否出於善意地安慰我，或者，掉東西原本就是潛水者常見的事，當晚眾人聊起掉在海中的東西千奇百狀，幾乎每個人都說得出幾件：有人岸潛，上岸時遇到風浪大，來不及依照標準程序，將脫下的蛙鞋掛在手腕而暫時在手上提著的，一陣陣大浪打得人踉蹌跌坐，蛙鞋硬生生被打掉搶救不及；有人原本將相機掛環仔細套在手腕的，為了拍照方便而取下來，經過幾次卸下、拍照、掛回，最後一次忘記再掛回手腕，相機順手一放人就離開，幾萬塊便悄無聲息游走了；有人換下相機鏡頭放在防寒衣側袋，卻忘了拉上拉鍊，等想起時，鏡頭早已杳然無蹤；有人因為錶帶鬆脫而掉落，遺失潛水必備的提醒深度及潛水時間的電腦錶。即使是經驗豐富的教練也無法免除，有次未將手電筒掛在所穿的ＢＣＤ上，因為一個菜鳥無法控制自己的深度突然浮升，教練趕緊去拉住她，等到兩人恢復穩定之後，手電筒已不知道何時趁著慌亂離他而去。

有次，教練和相熟的朋友A在西巴丹潛水，A指指自己口中的二級頭表示不穩定，供氣有問題，教練要A改吸備用二級頭，讓自己來檢查，結果A不肯，教練半是關心，半是開玩笑，硬使蠻力從A口中拔出，自己一試，調整了供氣鈕，發現只是小問題，不須緊急上升，於是打出OK手勢又把二級頭塞回A口中，繼續往前。過一會兒，A從後面趕上，扯了他的蛙鞋，等他回頭後，A氣急敗壞比了中指，教練不明所以，等A拿開口中的二級頭，對他齜牙咧嘴，才發現A缺了兩顆大門牙。教練忍住笑，猛然省悟可能方才使蠻力拔時，不小心也把假牙扯下來了，怪道當時似乎有什麼東西從A口中飄落。二人便回頭一路找，當然也一無所獲。上岸後幾日，A便絮絮叨叨用漏風的口齒數落他，後來聽當地人說起，曾經有位日本人的境遇更離奇也更慘烈，不知為何整副假牙都掉了，他出重金請當地導潛幫忙也找不回，因為無法咀嚼進食，只好提前結束潛水返國。A知道了有比他更悲慘的人，才稍稍平息怒氣。

教練說，此後A一聽到有人要去西巴丹，便開玩笑要人幫忙留意，也許會發現他的假牙依然躺在海底，浸泡一大海缸的鹽水，也許假牙被鯊魚拾去，學人類串起來掛在脖子上當裝飾，向潛水者炫耀哩。

又有一次，教練和一群人岸潛，快結束時，教練已經非常疲累了，想到上岸時一波波湧浪，身上的氣瓶及所帶的零零散散東西會讓行動遲緩，增加上岸的難度，便發懶，打開鉤掛及口袋，一件一件丟，果然輕鬆上岸。幾分鐘後，原本隨之在後的潛伴蹣跚上岸，從身上掏出一件件東西，一邊叨唸：「你怎麼搞的？沿途掉了這麼多東西都不知道，還一路往前踢蛙鞋，害我滿地撿得很辛苦。」

除了遺失東西，珍貴的攝影器材進水也是常有的事，這幾乎是所有玩海底攝影的人無法逃脫的宿命，次數或多或少，即使事前再嚴密的檢查防水外殼、擦拭防水矽油，只要在封蓋的最後步驟不小心夾進一根頭髮或絲線，一到海中，海水便以無孔不入的手慢慢滲進防水外殼、滲進底片、記憶卡、錄影帶，偷走相機攝影機的功能，掏空攝影者的心血，抽走慳吝的大海不願公諸陸地的海中祕密和風景，讓攝影者空歡喜一場後，帶上岸的是一具無生命的器材軀殼。

雖然潛水者常常掉東西，但在熱門的潛點卻很難發現遺失物品，或許值得撿拾的早就被人撿去，所以潛水幾年來，我也只曾在海中發現整條配重帶、一兩個鉛塊、指揮棒等不值得撿拾的東西，甚至，鉛塊也許是潛水者覺得負擔太重而故意卸下丟棄的。倒是曾在某本遊記中看到一段紀錄，描寫黑海沿岸的潛水夫在遊客結束度假後的淡季，便會下海去尋找遊客不小心遺失的戒指、耳環、項鍊，偶有斬獲。以這種方式增加外快實在令人欽佩，唯有潛泳在茫茫大海，在大海遺失過東西，才知道這工程需要多大的耐心及眼力。

掉在海中的東西尋回的機率自是渺茫，大夥談起時竟是口氣平淡，彷彿那是潛水必須捐繳給海神的參觀費或者奉獻，我們從祂那裡得到太多絕美的景致與感動，必須相對的有所回饋。仔細想來，許多東西其實掉得很離奇，比如明明記得掛在ＢＣＤ掛鉤的放大鏡怎麼潛游一陣子之後不見了；比如明明拉上ＢＣＤ拉鍊的，結果要取手套、取防水盒中的鑰匙或眼鏡時，卻發現口袋洞開。諸如此類，讓人不得不懷疑，不是自己記性出了差錯，而是海神暗中伸出隱形的手，自行拿走祂看上的東西，包括屢屢好奇地輕手躡腳扯下我綰繫長髮的髮圈，讓我的頭髮四散如海百合舞動的千手；包括這次潛水讓我的腳板抽筋，趁我的腳麻痺了其他知覺只剩陣陣抽痛時，惡作劇地卸下一隻蛙鞋。但是所有被海神摸走的種種損失並未讓樂觀的潛水者氣餒，反而越挫越勇，遺失東西正好作為汰舊換新的藉口，理直氣壯添購更先進的照明、更炫的蛙鞋、功能更強的相機……

遺失身外物雖然捨不得，但總是再忍痛花錢就可補齊裝備的，什麼東西都可以丟掉，而，命只有一條，如果在海中丟了生命，那才是無可如何的遺憾。曾經聽聞過一段潛水事故：兩位潛水教練去船潛，因為對潛水太駕輕就熟反而掉以輕心，未依照安全程序在下水前潛伴互相檢查，氣源是否打開、空氣是否充足、ＢＣＤ充氣、電腦錶、蛙鞋……他們穿戴完後不在水面集合，而直接下潛到預定點。其中一人在海中左等右等，等不到另一個人，後來覺得對方經驗老到，也許發現了更好的目標而耽擱，所以並不很在意。等回到水面，又過些時候，超過一支氣瓶所容許的時間，才開始發慌，但悲劇已經在一連串的自信與輕忽中發生。後來搜救人員在四十幾公尺深的海底，找到另一位只穿著一隻蛙鞋的潛水員，朋友們在悲痛中分析他遇難的原因：一是在岸上組裝好氣瓶與ＢＣＤ後，臨下水時氣源卻忘記打開；二是ＢＣＤ未充氣，直接由船上入水，入水後吸不到空氣，要踢水緊急上升已經來不及，因為慌亂中忘記卸下身上的配重，加上到了水中每十米的壓力相當一大氣壓，所以越沉越快，而致命的是，此時蛙鞋又掉一隻，終致釀成悲劇。

自信與疏忽一向是死亡的雙鉗，夾制住潛水者的咽喉。把自己留滯在所深愛海底的潛水者，遺留給他岸上親友的是永遠無法彌補的傷慟。我不禁想像，那些海難中回不來的人，他們冰冷溼漉漉的髑髏或魂魄是否依舊在大海中漂游，一路撿拾斜嵌在珊瑚礁縫隙、或者半掩埋在海床沙地中的東西，往身上穿戴披掛，沒有晝夜，沒有年月，繼續在幽冥的大海中，孤獨潛行。

就這樣，我的黑色蛙鞋一隻孤伶伶擱放在家中，另一隻漂沉在異國海域，或許被海神拿去戲耍一陣之後，和其他戰利品陳列在祂的收藏室，或許讓某個孤孑的髑髏拾去套在森白的枯腳上。那蛙鞋表面布滿上下礁岩時留下的深深淺淺刻痕，陪伴我歷經初學潛水的恐懼蹣跚到能夠優游海中，陪伴我潛過從台灣的東北角到墾丁綠島、從東南亞到埃及紅海，上面有埃及導潛的埃及文簽名，及照著我示範給他摹寫的中文簽名，每當簽名稍有剝落，我用立可白重新描摹，它的價值比價格更令我不捨。而且，這一型號早已停產，我想再找到貌似的替代品都不可能了。

千手咄咄

越是可遇不可求的，即使只是驚鴻一瞥，也比眼前寂寂靜候我們觀賞的生物來得令人心馳神往。

底下是深不可測的藍黑，我們沿著峭壁潛行。時間空間悠悠茫茫，無法定位，所有感覺在海中都失去了準頭，只能交由電腦錶來指揮。此刻，錶告訴我：深度二十五米，潛水時間十三分鐘。

馬來西亞的西巴丹是槌頭鯊常出沒的潛點，眾人眼睛溜過右手崖壁出現的蝶魚、金花鱸、海扇……卻不時關注左前方遠離峭壁十幾公尺、只剩朦朧身形的導潛，等他傳來訊息，便急追而上，一睹槌頭鯊的丰采。

珊瑚礁生物明媚鮮妍，為保護脆弱的美麗多半設了藩籬，懷藏令人無法輕狎的劇毒。漁者對中看不中食用的魚蝦貝不屑一顧，但在潛水者眼中，牠們卻是攤展在海床上的瑰寶，閃爍著奇炫的光芒，任由潛水者眨巴眼睛、眨巴相機、攝影機羅獵。而我，貪婪地將所有美麗的魂魄滿滿收攝在腦頁，等我回到灰暗的陸地，闔上雙眼，看見藍碧背景的富麗，潛入自造的祕境，邊沉浮人海，邊享受塵囂中微鹹的清涼。

現在，一心以為有槌頭鯊將至，峭壁上原先令人樂意細觀的一切，此時便淪為等候中墊檔的景物。這些景物總是在此處或彼處，依賴沙地、礁石、珊瑚、海葵、潮流而居，幾乎可以預知什麼環境中就麇集什麼住戶，牠們是如此安分，如此令人安心，是一幅幅擅長等待的風景，癡癡翹望喜歡獵奇的遊客的眷顧，所以我們有所恃。也因為有所恃，總是用一隻眼睛飽覽珊瑚礁的形形色色，另一隻眼卻偷覷著具有挑戰性、桀驁不馴、漂游四海的浪子，希冀一場意外邂逅。尤其體型巨大的鯨、鰩，或傳說中惡名昭彰的鯊魚。

也許人類不敢正眼審視自己面對龐然大物或醜惡面貌時的恐懼，便藉由電影把所不了解的海中巨獸形塑成狡獪的嗜血惡魔。其實，多數潛水者見了鯊魚，不但不驚惶退卻，反而追之唯恐不及。鯊魚只關心牠的獵物，並不在乎我們像追星般渴望瞻仰牠一面，鯊魚越是躲避不肯與人為伍，我們越是受不了牠冷冷的睥睨。令人不寒而慄的生物往往有一股反常的吸引力，如同味覺經過麻辣的衝撞之後，必有一種粗茶淡飯所無法提供的心悸刺激，每一個經過燙、刺、麻、脹的味蕾，一併在火煉中甦醒，令人口爽的五味，是戒不掉的癮。初學潛水時，我滿足於珊瑚礁上斑斕色彩，現在，則心有旁騖，關心大洋中，連候鳥般固定遷徙都不是的浪遊子蹤跡，隨時等著誘惑的到來。越是可遇不可求的，即使只是驚鴻一瞥，也比眼前寂寂靜候我們觀賞的生物來得令人心馳神往。

珊瑚礁生物不是我眼中唯一的風景。細胞中潛藏的出走意念，時而蠢蠢然。

一隊烏尾冬成拋物線迎面而來，又拐了急彎，從我們身邊甩動黃色尾鰭急急游過，另一群笛鯛卻搧著尾鰭朝下方走。到處是巡獵的生物，彼此擦肩而過。而固定在峭壁的柳珊瑚看似不動，也極力伸展密織網扇，攔截四方水流奮棼濾食。柳珊瑚緊抓礁石，海百合又攀附著柳珊瑚，牠們也是立足在可靠靜默的幸福，而引領企踵詭譎刺激的夢想。

後方潛伴忽有動靜，大夥回頭隨著他指的方向奮力急追，等眾人趕上，只見一片茫茫藍，追不上杳無蹤跡的槌頭鯊，眾人也不敢遠離依傍的礁石。即使槌頭鯊令人心動，也不須賭上迷失方向的危險，更不可能隨之往深不可測處下墜。潛伴雙手一攤，槌頭鯊已經飄然遠去，他也無能為力，但猶自興奮比畫著所見，即使只來得及看到牠高傲的尾鰭，也彷如撫觸幸運女神的裙裾，頂著受恩寵的光環。眾人嘆息，嫉妒的費洛蒙雖是無形無色，連浩瀚的海水也稀釋不了，強烈得眾人盡皆嗅聞。

我潛齡尚淺，未曾會得海中神祕遊俠，看老於此道的人每每以晶亮神采、搖頭嘖嘖、無法出口的言詞來禮讚，情感的走私莫過於此吧。

時間正在不耐的催促，像灰姑娘被午夜鐘聲控制夢幻與現實的長度，氣瓶中的殘餘氣量、體內的氮殘，也在扯動綁縛在我們身上的左右絲線，讓人不得不拋下未償的夢，悵悵上升。

沿著峭壁緩慢往上，知道此行又緣慳一面，便回轉心意到眼前的景物，浮升到礁盤上，距離水面不到十米，瀲灩陽光灑落海底花園，粼粼細細，白色棘穗軟珊瑚頂著滿頭柔絲隨海流搖盪，紅雞冠珊瑚從白色骨幹中張出一毬毬血色欲滴的頭冠，橙黃綠靛紫的珊瑚及海葵叢簇四周，觸手迎海潮招展，款款蝶魚穿梭在浪漫繽紛中。天上的星辰墜落到海中，散在四處，黯淡了閃亮的光芒卻顯現出本色，藍的、紅的、紫的、斑點的、鏈珠的、尖刺的……偌大硨磲蛤半啟半闔著墨綠的裙狀厚唇，吞吐海中故事，說給一旁的卷曲耳紋珊瑚，側耳聆聽。螳螂蝦舉著雙螯，手腳麻利巡視各個洞穴，一條黑白相間的海蛇溜竄而過。這是眾神築建在水下的祕密花園，柔美神話誕生的海域，維納斯從珍珠海貝中酣然而起。

團團的腦紋珊瑚不避諱把滿懷的心思皺褶攤放在礁岩上，這複雜的紋路此刻是否傳輸關於我的思緒？思索我這不甚忠誠、隨時可叛離的欣賞者？我曾經擱撂牠們，掉頭去追趕那誘惑者，等到被遠遠拋在後頭一無所獲，分外的想望落了空，再回頭繼續未完的行程，盡情享受珊瑚礁生物所提供的無盡溫情，卻不時希冀有些出軌奇遇。傲岸的浪遊子願意在哪裡現身，就給人驚鴻一瞥，他提供的是刺激，也許是失望，往往走完一程，讓我覺得收穫盈囊的是珊瑚礁生物，而最牽動心念，隱隱為憾的，卻是那一團模糊未及看清的身影。

所以，指形軟珊瑚紛紛豎起訾議的千手，咄咄對我……

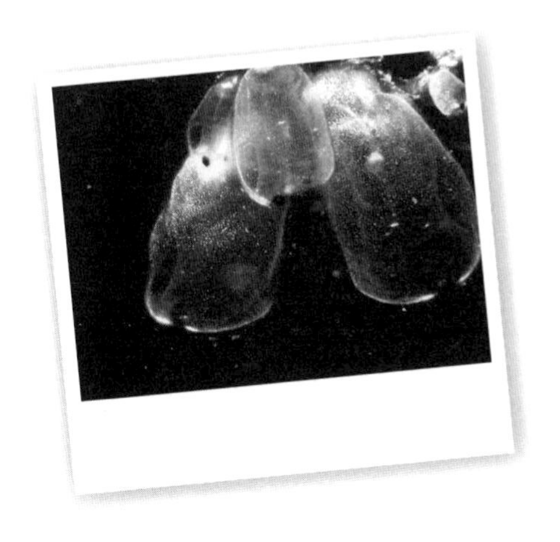

遷徙是充滿凶險與驚怖的旅程，
生命並不如水母透明的身體，
可一眼看穿內裡，就這樣勇敢交給未知，
是她想來就要寒慄的……

卷三
漂流的人生

希望東北角

你問，油彩蠟膜蝦哪裡去了？
沒有人知道確切答案，也許被採集，轉賣到水族館標售，
或者進了某位潛者家中的水族缸。

台灣東北角是北部初學潛水者的教練場，多變的海底礁岩、平緩的灣內潮汐，提供剛從游泳池實習結束到真正下海初體驗的生嫩潛者，一試身手。

你初學潛水，所能專注的就只是「潛水」本身，怕面鏡進水、怕因緊張而呼吸急促空氣消耗快、怕中性浮力不好忽上忽下，教練一再叮嚀，急速上升的結果最輕微的是鼻血流淌，最嚴重的是所吸入的空氣因為壓力變小而快速膨脹，在身體各個關節、微血管造成栓塞……因為如此手腳忙碌，你能靜下心來觀光海底的時候少之又少，偶爾偷空看教練指點的獅子魚、小丑魚，或逗弄一隻已經氣呼呼膨脹的二齒魨便興奮半天，能看到在礁石海藻間爬行的海蛞蝓、黃色的侏儒海參、小群覓食的雀鯛、臭都魚，便自以為來到繽紛的海洋世界，覺得所有的苦辛恐懼都沒有白受。

但是如你這般的初學者，莽撞舉動往往讓斷裂的軟珊瑚沿著潛水路線載浮載沉，踉踉蹌蹌踢蛙鞋掀起的海底沙泥湮漫整個路徑，水族受驚嚇四散逃逸難見蹤跡……這個教練場處處傷痕，顯得清冷肅然。

即使如此，東北角是你開啟海洋殿堂的一扇門，期待看到門後浩瀚神祕的水世界。但這扇曾讓你驚豔的門，在你叩敲過東南亞各潛點之後，才悵然驚覺，未免太門前冷落魚蝦稀。

隨著潛水知識增長，你才知道位處亞熱帶的台灣東北角，海洋生物原本得天獨厚，比起溫帶或熱帶海域來得豐富與多樣化，可惜每年夏秋的颱風與冬天東北季風掀起的惡浪，將苦心孤詣好不容易長成的軟珊瑚又打得七零八落，東北角遂難得一見如綠島和蘭嶼般，密密匝匝軟珊瑚遍布的盛況。然而，你進一步發現，即使氣候惡劣，自然界本身仍有復育能力，會造成現況的蕭索，其實是人為的雪上加霜。因此，只要波浪不到的寧靜海灣、或礁岩間的狹縫中長了幾株矮小的軟珊瑚，以及被吸引而來的魚蝦蟹，便被潛水者視為珍寶，更貼切的說法是「安慰劑」，供眾多渴望海洋卻無暇到墾丁與離島，或遠征國外的潛者吞服用的，總是聊勝於無。於是，當你學會潛水，也開始在潛季時，和一群同樣得了潛水躁鬱症的人依症狀輕重吞服藥劑，讓你平息對綺麗海洋的過度幻想，撫慰騷動不安的心。

潛水員喜歡把這些像救急藥劑般的潛點命名為「祕密花園」，據你觀察，很多潛者口中的祕密花園一點也不祕密，東北角除掉密度忒高、使用率偏低的一座座港口，或造價昂貴的消波塊之外，適合下海潛水的就那寥寥幾處，寥寥的幾顆紅白藍綠的膠囊藥錠，稱得上「祕密」的，其實是各自去的時段，而不是地點。大夥有默契的錯開下水的時間，即使在水下不期而遇，領隊也故意磨磨蹭蹭，等別隊離開後才繼續前往預定地點。而在兩支氣瓶之間的水面休息時間，遇見別的潛水者攀談起剛剛下水所見所聞，雙方也極自制不提什麼稀罕生物，真的耐不住得意的發現而洋洋炫耀時，還是理智地刻意掠過確切地點，讓聽者心癢癢地恨著。身為菜鳥潛水員，你曾不知情的追問，只得到一抹曖昧的微笑。

後來，你發現大部分的人其實很願意和同好分享海中的攝影作品，卻不透露拍攝的確切地點，除非是極為熟識、信任得過的朋友，大家心知肚明，任何行蹤的曝光便是宣判生物的死刑，所以，與其苛責堅不吐實者的自私慳吝，毋寧說他努力保護動物不被侵擾，如果哪一天他竟主動說出地點，你接下來多半會聽到一句附加的悲傷註解：後來再去，已找不到蹤跡了……

儘管如此小心翼翼，這些列為最高機密不可言說的生物還是逐漸、逐漸，消失。東北角的「祕密花園」並沒有一般人想像中的花團錦簇，蝶飛蜂舞。充其量只像在荒瘠的城市中，巴巴在自家陽台種幾盆寒傖可憐的植物，對著營養不良、缺陽光缺雨露缺新鮮空氣的衰頹花草想像一地的繁華。

去年，潛水教練興奮地帶團員去祕密花園，看現今在台灣已難得一見的油彩蠟膜蝦。兩隻白底上潑灑暗色斑點、約五公分大小、可愛的油彩蠟膜蝦藏匿在一塊礁岩上的海葵中，舉著雙螯隨海流左搖右晃，你很難想像這可愛的小傢伙是海星的天敵，可以抑制海星過度繁殖而破壞珊瑚。你們幾個人為一組趴伏在礁岩四周，貪婪地把牠的身影印刻在腦海中，再輪換別組，所有的雀躍欣喜在水中無法言說，都變成彼此眼中熠閃的晶亮光芒，無暇理會凌亂急速的呼吸會增加耗氣量，縮短潛水時間。隔天，你意猶未盡又去探望，從這個城市的最南端山城到最北邊的海隅，趕一個多小時的車程，只為了再看一眼，就因東北角的生物不管特殊與否都朝不保夕，讓所有潛者惶惶不安，反常地飢渴。兩週後，聽說只剩一隻，還缺了左邊螯腳，再兩週後，你聽教練說：找不到了！

畢竟撐不過一個夏天。

你問，油彩蠟膜蝦哪裡去了？沒有人知道確切答案，也許被採集，轉賣到水族館標售，或者進了某位潛者家中的水族缸。這時，你只好禱告，是油彩蠟膜蝦無法忍受絡繹不絕的海底觀光客無禮窺探，遷地為良，或者，有潛者對油彩蠟膜蝦一再被騷擾而心疼，將之移居到更祕密的基地，這兩種結局也許是差強人意的安排。一旦進了水族箱，牠的壽命就完全掌握在飼養者的有知無知上。

此外，東北角的髒汙一向是你心中的痛，面對著有說不出的傷心。遊客隨意丟棄垃圾，就連靠海維生的漁民也任意棄置漁網，讓水族身陷其中掙脫不開，也對潛水者造成危險，你聽說，曾經有人獨自潛水誤觸漁網，又未攜帶潛水刀自行脫困，等空氣耗盡後，便和左右吊掛的魚蝦一起被死神網羅。

教練幾次號召人馬下海撿網及剪網，都是偷偷摸摸的。因為除了棄置的漁網，也有特意放置的，並且有人定時去採收。只是，這種不管水族大小、可不可食用，一律捕獵的方式，在你看來極為粗暴，因為，屬於真正的漁獲絕少，大部分是有毒而不可食用的珊瑚礁生物遭受無妄之災，被漁網覆蓋的珊瑚也會因生長受阻漸漸死去，珊瑚一死去，依賴珊瑚礁的族群也跟著遷徙，同時，又威脅著潛水者的生命。私下剪網也許會影響放置者的生計，但是繼而一想，你們潛水時唯見一片冷清稀落，沒什麼值得捕捉的魚蝦，反正損失也不大，卻可以避免放置者誤傷人命而造孽，你們怎麼核算那些漁人都不吃虧。然而你們再怎麼自以為合情合理，這樣的做法仍須躡手躡腳，不敢張揚，比起明目張膽的捕獵，你們反而顯得理不直氣不壯，像是企圖偷渡一個充滿魚蝦的海洋夢想。

教練說，即使是潛水員中也有打魚的，也有採集的，多半是為了自己的樂趣而不是為了生計。但是你無法理解，東北角作為潛水訓練場或潛水躁鬱症的百憂解還差強人意，真要養家活口恐怕早成餓殍。正因如此，你對那些生活飽暖之後，為了嘗鮮或以殺戮取樂的心態百思不解。你想起那年夏天，一行人正整理裝備準備下水，看到兩位潛者拿著魚槍，扛了一隻土魟蹣跚上岸，大夥停下所有動作，湊近圍觀。土魟已被拔除了尾端的毒刺，留下一個深窟窿，身上另外兩個窟窿也滲出血，那應該是被二人魚槍打中的地方，牠的雙鰓猶大口大口翕張著，徒然做垂死前的掙扎。土魟雙翼張開有一個人的兩臂伸長的寬，原本在海中展翅如大鵬鳥，此時卻折翼跛拉。

你撫摸垂死的土魟，粗糙的表皮如細砂紙，從來無緣在東北角相會，為何打魚的人竟找得到？

兩個打魚人簡短地回應周遭豔羨的垂釣者七嘴八舌的問話，嘴角噙著一抹得意的笑。相較之下，你們幾位潛水者靜默不語，心也和土魟一起被穿刺了大洞，滴淌著血，汩汩無聲。

你沒想到，讓你們心滴血的事在潛水結束後上岸又發生。你們看見三四個小孩拿竹竿挑著一團像破爛的透明塑膠袋叫嚷著，細看之下，卻是一隻大水母。你在海中，所見的水母是傘狀體下舒展開優長的觸鬚，或一吸一放側身泳動、或隨風浪萍漂，既美麗又毒辣的刺絲胞令潛水者避之唯恐不及，但在這種情況下，牠的防衛與覓食的武器再怎麼厲害，也抵不過十來歲的頑童竹竿一挑，離水後便迅速瘦癟乾涸，不復在水中的優雅與稱霸，這種虐戲畫面比起在海中與水母不期而遇還令你悚然。你難過地問小孩：既然不下水玩，水母傷不到你們，留牠在水中不是很好嗎？撈起來就死了，不能養也不能吃。小孩看到大人問話，挑著水母轉移陣地，逕往別處玩耍去，沒搭理一句。留下你訥訥吞回未說完的話。

你想，吃喝玩樂只能是單純的生理滿足及身體行動吧，沒有那麼多的思考與擔憂，不管大人或小孩，不需要問「為什麼？」，只有「玩什麼？」「怎麼玩？」

只是，你一天的潛水活動中就接連看見這兩件敗興事，不堪再繼續演繹：那麼，一整個夏季呢？

你看到有些人會自以為有權利從海中帶回什麼紀念品，貝殼、珊瑚、星砂、小魚、螃蟹……用不浪漫的方式紀念一次浪漫的夏日之旅，或者，隨手餵食海洋吞噬消化不了的垃圾，令你感慨。但你畢竟還沒有完全陷入悲觀絕望，因為，你知道還有人試圖為這片奄奄一息的海洋做些什麼……

網路上有人發起淨海活動，一號召總能集結不相識的同好參與。你們開玩笑說，東北角夏天的遊客比魚還多，長久積累在大海腸胃的垃圾又比遊客多，撿拾的時候還得確認其中是否有寄居蟹找不到貝殼而將瓶蓋、破鐵鋁罐當成家，檢查是否有水族在惡劣環境中快速進化，聰穎地知道人類廢棄的垃圾遠比牠們慣常的居所來得安全而躲匿其中。

有次你看見兩位潛水者上岸，腰間各垂掛一只裝得鼓鼓的黑色網袋，以為又是打魚者，你緊蹙眉頭，猶豫著到底要不要道德勸說，再看仔細，發現網中是一大袋垃圾。正慶幸自己沒有魯莽行事，你聽到兩人和岸上海水浴場救生員的對話，才知道他們相約於假日戲水人潮過後淨海，已持續一段時日。這時你再望他們一眼，覺得頭頂上白花花的豔陽都沒有他們臉上的神采來得炫目。你想起自己還是菜鳥潛水員時，不知無意間或無法自制地踢斷多少軟珊瑚，現在該有餘裕可以回饋這個教練場，你無法幫它找回魚群，但是至少可以仿效這兩位潛者，回復它該有的潔淨，而不僅僅是每次下水總要將它的枯寂與東南亞其他國家的繽紛盛況相提並論，徒然唏噓感嘆。

你愛聽所有潛水的故事，據潛水經驗二十年以上的老手回憶，東北角也曾是潛水天堂。當時陸上交通不便、設備昂貴又簡陋、潛水人口寥寥可數，沿海又有海防警哨管制，但是只要一下水，所有的辛苦便像呼吐出來的氣泡，消融在眼前繽紛的海底世界。你知道那個年代，經濟貧瘠，人們為了溫飽而抓魚吃魚，海鮮對大部分的人而言是奢侈品，因此捕撈有限。真正的劫難反而是在整體經濟富裕之後，貧困之後的富裕往往帶來奇大的胃口，讓人釐不清「需要」和「想要」的分際，於是，再多的海產也填不滿欲望的深喉。

回顧自己潛水的歷程，一路由跌跌撞撞而漸漸熟練，當你終於能沉浸海底世界，心中反而有莫名的情緒交戰：你該和更多人分享這樣的美景，讓更多人下海一探水晶宮殿，藉由欣賞而懂得疼惜？或者，悶不吭聲和既有的潛水者獨享，越多人的參與也表示對水族越多的干擾與破壞？而且，即使更多人參與，也無法保證可以符合你所設定的期望值，你見過多少潛水隊伍上岸後，便直接開往附近林立的海產店飽啖一頓，海中看不到的魚蝦貝，奇怪的是，餐廳總可以吃得到，且吃的理由再正當不過了，因為，漁人也要生活，餐廳也要生存，而自己總是要吃飯的。

或者，當你口沫橫飛展示潛水錄影及照片，逗引別人對海底世界的興趣時，須不斷的但書，這是在東南亞某國，那個還是在東南亞某島嶼某海域，基本上，台灣的墾丁、綠島、蘭嶼珊瑚很美，魚很少，而東北角呢，嗯，有很多努力搜索水族的潛水員。

媒體曾報導：四到六月在東北角海中的軟絲仔卵，纍纍潔白晶瑩的卵串，垂掛在編綑的細竹下，那是由一位潛水教練帶領一群海洋志工，在產卵季節來臨之前，上山砍細桂竹，紮綑成束，冒著即使春末仍然寒冽刺骨的水溫，下海所布置的軟絲仔育兒所，這群人只抱持一個單純信念，想替東北角增加點生機，便如此默默經營了幾年，復育了百萬尾的軟絲仔。雖然，軟絲仔終究會在來年進了漁人的網羅，雖然，漁人也弄不清蕭條許久的軟絲仔漁獲量為何近幾年又開始攀升，這些潛者還是瑟縮地在冰冷的海中尋覓好地點放置竹枝束，底部用沙包固定，上頭又吊起空寶特瓶藉著浮力拉直竹束，好容納更多的軟絲仔卵串。布置好後，定時下海觀察軟絲仔的求偶、產卵、卵的孵育，一一錄影記錄。看到這樣的付出幾乎讓你雙眼溼濡，又敬佩又愧惶。

你也和他們一樣祈禱，卑微的希望著，當漁人在夜裡戴著太陽眼鏡作業，漁船上張致的無數燈光照耀得比白晝還刺目，吸引鎖管以及軟絲仔如飛蛾撲火自投羅網，歡喜滿載時，能有幾隻軟絲仔違抗死光的誘惑，慢慢長大，留待明年再到此處繁衍後代。又僥倖地希望漁人因為滿載的收穫，不至於因捕不到魚而胡亂怪罪漁網，競相將漁網的網目越織越細。

於是，你在東北角一片蕭瑟中看見了希望的熒光在熠閃著，因為有如此多你不知道的人，除了感傷扼腕之外，還願意盡己力，希冀在一片幽暗孤寂的海域中照亮一隅，照見些微的生機，你其實並不寂寞，你如此深信著……

遠去的船影

他像很多人一樣，年老之後變成了說書人，把自己的、時代的傳奇，演義給下一輩。

一不留意，矮櫃上的木船又蒙上薄灰，依照大舅先前叮囑的方法擦拭，擦拭著，蒙塵的記憶也漸漸清亮起來。

如果可以選擇，大舅寧可頂著烈日，穿梭在一艘艘進度不一的木造船之間吧？寧可和工人一起在船艙底，那裡密閉燥悶如煨著火的烤爐，頭臉和衣服涔涔滴著汗水，滴落在刨整下來的木條粉屑上，而不是鼻梁上架起老花眼鏡瞇視，沾黏模型船的桅杆船舵。

大舅自嘲他這一輩子，江湖越走越老，船越玩越小。

自從小學畢業後搬離旗津外婆家，只在寒暑才隨母親回去一趟。旗津的改變如間隔半年的膠捲，每一張風景有著明顯的變異。而風景中的人物也逐漸由童稚而青壯，青壯的則走向衰老。近幾年，大舅衰老的面容更似快轉的鏡頭，每一次的現影都是以令人驚詫不忍的速度氣虛，委頓。

就在一次次的探訪中，點滴零散拼湊出大舅的大半生，他像很多人一樣，年老之後變成了說書人，把自己的、時代的傳奇，演義給下一輩。而我，就在大舅的口述歷史中，把自己的不在場時光串接起來，以及幼時的在場時刻卻懵懂無知，翻新詮釋。

大舅說，小學畢業後就跟著外公學造船。在外公的嚴格訓練下，常常含著淚邊學，才十來歲，受了委屈也只能咬牙吞忍，以免招來更多的責罰。除了學會外公的技術，他最引為自豪的是在這種打罵教育下，非但沒有厭棄造船工作，反而興趣濃厚，等年紀大些，他到造船廠當「囝仔工」，緊抓各種機會勤於挖掘嘗試，又從不同師傅掏到各種技術珍寶，未滿二十三歲，已經藝成出師，成為各船廠極力延攬的對象，許多船東指定要大舅設計監造漁船。使得工廠老闆即使遇到淡季，也要找些瑣碎工作羈留大舅，以免他被同行挖角。

由大舅及母親的敘述中，才了解外公是個貪杯而脾氣躁暴的人，一不順心，摔碗盤打罵妻兒是家常便飯，尤其在酒後。和我印象中的外公截然不同。我只記得他極疼愛孫輩，喜歡高高拿著餅乾糖果，被一群饞鬼似的小孩簇擁著，抓撓著，笑呵呵一個個點名發放零食，再用鬍碴把小孩的嫩臉扎得難受。可親與躁暴，兒孫輩兩個世代看到的與記憶的加總，才能完整呈現外公的複雜性格吧？

大舅並不滿足既有的造船技術，一有空便上書局翻閱專業的設計圖，當時的技術多來自日本，進口書價貴得令人一捧著書便心顫手抖，生怕不小心折損會賠償不起。大舅薪資全原封不動交給外公，再由外公發給零用金，真有非買不可的圖書，他省儉吃用，攢足了錢再訂購，雖然看不懂日文，但憑著對船的了解與直覺，自己琢磨研究線圖，改良設計。這些創新的漁船設計曾讓從業幾十年的老師傅們疑懼、搖頭，大舅憑著以往的設計監造成績說服了船東讓他一試。完工之後，試俥結果證明他的能力，也消弭別人的憂慮眼光，豎起他在旗津造船界的口碑。

到了三十來歲，他便獨立開業，和舅媽胼手胝足經營一家造船廠。但是，外公不因大舅已成家立業而消熄火炸的脾氣，最令大舅氣惱的是外公不喜歡獨飲，常常在該上工時邀集工人喝酒，薪資照付且耽誤進度，沒人能勸得動外公，即使是他清醒時，也是如此的執拗脾氣，更何況外公以酒當茶飯，鮮有清醒時候。多年後，大舅說起外公的種種作為，語氣仍是不平靜，但是觀察他的神情不像是怨尤，當一切事過境遷，聽起來竟有一絲得意，我想，通過外公嚴厲的層層關卡，大概也沒什麼事難得了他。

工人良莠不齊也是令大舅頭痛的問題。一直有工人偷建材。在那個家家戶戶多半以爐灶煮食燒水的年代，廠裡工人事先徵得大舅的同意，下班後以布袋撿拾零星木頭當作家中的柴薪，這一向是鄰里欣羨的額外待遇。但是卻有人拿得順手，心遂野大起來，暗中夾帶木料出廠，化整為零，索性每天偷渡一條凳子板面、一隻桌腳，家中所缺的木製家具慢慢就齊了。更甚者，內神通外鬼，將裁好的木料藏在船艙，只等新船下水之後，運到外頭轉賣。大舅一人照管偌大的船廠，原不知這些手段機巧，只是苦惱自己設計精確的船身比例，再親自採購的上好物料，為何誤差如此之大，只當外人趁黑夜偷運，於是養了狗來看守工廠，又幾次遭到毒殺。大舅往往忙碌了一天，連夜裡也不得安寢，如果持續一陣子沒傳來間歇幾聲狗吠，他反而會被異常的寧靜驚嚇而起。最後，還是知情的人感於大舅平日的待人，踡蹴不安，暗示大舅去船艙做最後巡視，才發現隔日要舉行下水典禮的新船底艙中，掩藏了一批裁好的木料。

被信賴的工頭出賣遠比金錢的損失更令大舅心痛，大舅讓人把那批木料搬到空地，召集所有人，並未有任何指責，只是沉痛的說，自己一向沒虧待過誰哪，請自己摸摸良心。

那位工頭自知理虧，此後便沒有在工廠出現。

造船廠在大舅及舅媽日夜撐持下欣欣向榮，民國六十七、六十八年時，正是旗津木造船蒸蒸鼎盛之際，工廠經常有六七艘船同時建造，人手嚴重不足。跑遠洋漁船兩三年才回家一趟的父親，一度被大舅及母親說服加入造船的行列。父親從擔任遠洋漁船的輪機長轉業當木造船工人，跟著大舅從頭學起。工作不分晝夜的討海生活父親都熬過來了，但是他跟著大舅卻維持不到一年就放棄，回復跑船生涯，不顧母親殷殷勸留。父親似乎不適合著陸的生活，他像他所追捕的魚群，只合乘浪巡游大洋。父親自陸地撤退，讓我了解大舅所打造的，也許不僅僅是討海人糊口的工具，他孜孜建構的，應該是討海人腳下蹬跨的千里坐騎，讓他們乘御著不停追逐遙遠的海天終線。

記憶中，新船下水是我童年最期待最快樂的時光，簇新的船身色彩鮮亮，大小旗幟迎風飄揚，一長串炮聲轟然炸響，火星四竄煙霧瀰漫，刺鼻的火硝味是歡樂的氛圍，船緩緩順著延伸至港口的軌道下水，船長、船東、船員在一片喧闐炮聲中撒下大把的糖果餅乾，及些許零錢銅板，象徵滿載四溢的漁獲。底下成群不知哪裡得到消息冒出來的小孩，一邊興奮尖叫躲著四射的鞭炮，一邊覷好最佳的位置眼明手快撿拾，還一邊騰出手推擠。年紀小的手腳憨慢，每看準一塊餅乾才一彎腰可能就讓別人撿去。幾次落空之後，一急便放聲大哭，大人見勢只好塞給他糖果，以免下水典禮便觸霉頭。等新船在一片歡騰的煙霧中，慢慢順著軌道滑入旗津港口的水域，眾人轉而專心撿拾散落地上的餅乾。結束後，大夥湊在一起檢視戰果，撿到錢的人往往令大夥豔羨不已，而這些沾了木屑泥土的餅乾糖果足夠讓小鬼們解饞好一陣子。我還清楚記得，不管收穫多少，大舅總會額外再留一份給家中小孩。

旗津木造船的榮景隨著木材原料的短缺且日益昂貴，與俗稱「塑膠船」的玻璃纖維船興起而一去不返。半輩子與造船為伍的大舅也無法挽回大環境的頹勢，終於不堪長年虧損，而將工廠轉賣給隔鄰的塑膠船廠。白手創建的造船廠就這樣愴然結束在自己手中，大舅唯一安慰的是，外公已於多年前因酒精中毒、肝病、痛風等多重病症過世，幸好未見到大舅的落拓斯景。

失去舞台的大舅意志消沉一陣子，年過半百再轉業已不可能。當時股市正如全民運動般熱絡，他也躍然一試，把出售工廠所得資金轉而投入股海，他以為像精確設計的船圖一樣，股市的起落也有規則可循，可以像打造船身般架構自己的後半生。但詭譎莫測的股海風雲超乎他的尺規墨斗之外。他曾站在股市高點的浪頭上迎風自得，不多久，就像所有散戶所遭遇的命運，潮浪衰歇，他也跌落黑暗的深海。

其實，木造船從未因為工廠關閉而駛離大舅的生命，他沉寂的那一陣子苦思過良久，終於靈光乍現——既然無法造大船，小船總可以吧！於是大舅灰暗的生活又重新點染了色彩。他從倉庫中找出一向未丟棄的工具，在家中區隔出一間克難工作室，重新拿出厚重的設計圖稿計算，按原船比例縮小，又開始買材料、裁切、刨整、削鑽、浸鞣、釘黏……造小船的心力未必比造大船來得輕鬆，一艘四十公分長的船也須花上二十五個工作天，大舅幾乎足不出戶，獨力完成。

他造了五十年前的標漁船、拖網漁船，又勤跑高雄港碼頭拍照做筆記，連未曾造過的帆船、貨輪、油輪、郵輪、客輪，也一併研究開發。一整年的時間興致勃勃埋首其中，把一生的事業夢想縮影，一艘艘陳列在架上。

表妹私下對我抱怨，她很高興看到大舅的生活有了寄託，但又矛盾不想讓大舅持續下去，他太投入，不分晝夜不知飢飽，上了年紀的身體狀況已不佳，哪堪如此勞累。但是，大舅固執如磐石，更多的時候，假裝聽不見勸阻。事實上，早年造船廠鎮日機器隆隆作響，長久下來大舅的聽力受損，因工作忙碌不以為意，等到清閒下來才發現重聽已成事實，連一般的溝通都有困難，必須假借助聽器，但他又覺得助聽器收訊嘈雜聽著心煩，除非必要的溝通他才戴上，所以，當他不想面對妻兒叨念時就拿下助聽器，眾人也束手沒轍，只好任憑他在一片靜默之海點校他的船隊。

七十三年旗津的過港隧道落成，與高雄市區連接更便利，昔日偏僻的小漁村在休閒風氣盛行之下，漸漸成為觀光勝地，帶來大量人潮。大舅也很有自信，在旗后海水浴場的熱鬧市集擺上攤位，展示成品。駐足攤位前觀賞讚嘆者甚多，但一問價錢便咋舌，識貨的不捨地走開，不識貨的反投以不屑眼光，他們以為大舅是敲觀光客的竹槓。大舅對自己的作品很有信心，不肯降價求售，一段時日之後，每艘小船終究還是停泊回自家客廳展示架上。不過這樣的擺攤經歷卻讓他認識幾個朋友，有人想和他合作，大量生產成組合模型船外銷、有人想來拜師學藝、有電視及雜誌媒體來採訪……說來慚愧，長大離家之後，只斷續從母親口中得知大舅正製造小木船，許久未探望大舅，忽然有一天，在外地餐廳用餐的等候空檔，順手翻閱桌上雜誌時，才赫然看到有關大舅的報導。想起學齡前常在工廠裡堆放的許多高高低低木料、工具、鐵軌間鑽跳，又幫著送涼水到各個工作船艙、噹噹噹敲著鐘通知吃午餐、噹噹噹通知下工了，不懂尊卑輩分跟大舅鬥嘴……那個記憶中帶著工具，耳邊塞著一支筆忙碌進出，有時停下步，眼角帶笑和我頑鬧幾句的大舅，何時已變成雜誌上諮訪的花甲老人！

我向大舅預訂一艘標漁船，找了空閒特地南下帶回，可是他說什麼也不肯收我的錢，平白接受這樣珍貴禮物讓我愧疚難安。大舅慷慨地讚許我有眼光，懂得挑選了其中保留原木色澤未曾彩繪的船。他曾經參加民俗工藝獎，巡繞現場觀摩過所有展覽作品後，有十足把握得獎，不料結果揭曉竟大失所望。他仔細推敲，領悟落選的原因。得獎的船隻彩繪得光鮮亮麗，很討喜，但彩繪的同時也可以鬆飾了技術上的小瑕疵，評審未必看得出。我想，這社會太過度包裝，即使強調原汁原味，也是販賣加工過的罐頭鋁箔包，鑑賞的味蕾被人工添加物破壞的所在多是，只有敢素顏對人，才是真正的國色。大舅其實並未落敗。

看著壁上張貼齊整的雜誌剪報，大舅歷數來採訪的記者及媒體，掩不住失望，原先熱切聯繫的採訪者，等電視節目製作完成，或者寫了報導交差後，也就斷無消息，而幾次登門造訪企圖說服大舅將小船量產的，其實覬覦的是大舅的技術和專利，大舅心透亮得很。看得出大舅的熱情隨著衰眊的血氣和世情漸漸消褪，現在，他的造船工具再一次封存起來。架上一列排開的船隻，大舅閒時常常摩挲擦拭，一點也不急著銷售，他說，當前的木造船技術已經罕見了，以後，這些船的價碼只會更高。

他看了我一眼，大舅知道我了解他的意思。

只是，當時我不知道如何接話。只有愣愣看著他整理即將送給我的船，教我如何用棉花擦拭灰塵，做最後檢視與叮囑：會轉動的船舵、可以開闔的駕駛艙門、魚貨艙蓋、船錨、標魚槍，以及插上電便熒亮熒亮的方向燈。

這燈凝視久了，便讓人眼神失焦渙散，我彷彿看見漫漶模糊的燈光中，一艘艘船影正逐漸，逐漸遠去……

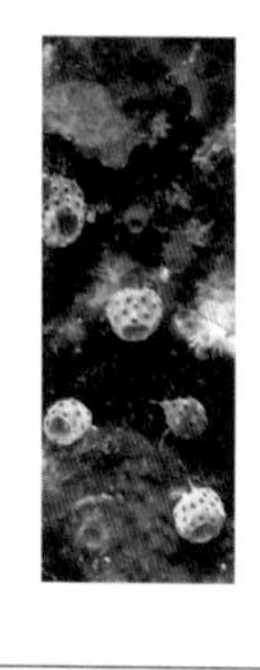

深潛

水中原本是個無聲世界，但是此時，比寂靜更深沉更荒漠的肅穆氛圍，像海水浸潤了我們……

眾人一起沒入海中，細雪般的泡沫和冰藍的水直沁眼底心頭。由導潛帶領著往更深湛處潛去，光線由耀眼炫亮的藍，轉為幽幽一片靛青。

我是先愛上教練所拍攝的海中奇景，才勉強克服恐懼學會潛水，這得歸功於教練，使得原本對水絕緣、對海絕望的我，竟也可以優游在號稱「內太空」的無重力世界，現在為了不讓他為了照顧我而錯失任何可遇不可求的鏡頭，我必須勉強自己盡快獨立，使他能專注攝影，毋須再顧慮我的莫名所以的驚惶。

導潛安琪拉是個嬌小的法國人，獨自在菲律賓長灘島經營潛水店，面對不善使用英文聊天的我們，除了例行的潛水計畫說明潛點地形、可能的海流、當地特殊的生物、最大深度、潛水時間，她大部分時間緘默不語，只是靜看我們團員一邊整理氣瓶及攝影裝備，一邊眼神晶亮七嘴八舌交換每一次下水的新奇發現，只在與我們視線相會時，頑皮眨著碧藍的眼，咧嘴一笑。對海的狂熱是我們共通的語言，她很懂得這種興奮。第一天的潛水測試，她已掌握眾人的能力，根據潮汐與海流安排接下來的行程。不禁令我好奇，這樣的女子，離鄉背井長住在不同人種、語言、文化、風土的東南亞國家，從大西洋到南太平洋，該需要多大的割捨與隨遇而安的器度？看她指揮調度，所有工作人員及潛水裝備都井然就緒，似乎這些問題都顯得多餘。

兩天來的行程，我如入大觀園的劉姥姥，覺得樣樣稀奇，亦步亦趨跟著教練，他拍攝什麼我便湊趣瞧什麼，雖然有時覺得游掠而過的斑斕蝶魚比眼前的嶙峋斑駁礁石，或平凡無奇的沙地來得絢麗可觀，但我知道在教練的鏡頭下，這些不起眼的角落可能隱藏著劇毒的玫瑰毒鮋，或者趴伏著移動時蹣跚可愛的鰈魚，也許是隱匿沙中的比目魚……沒有能識破生物擬態的火眼金睛，我只能像鯽魚般緊緊跟著教練，當行則行，他止我亦止。於是，我也嘗試屏息，不讓急促呼吸所製造的斗大氣泡驚嚇眼前生物，尤其是旋鰓管蟲，當牠綻放如聖誕樹的觸手，隨水流款擺大跳獵食之舞，姿態婀娜可喜，像惑人的水妖，美麗而危險。但是牠的知覺過於敏感纖細，只要一點點聲息，牠便縮入管洞內，得等到確知外頭無異常水流，才又緩緩探出頭來，豔張玲瓏小巧的蛋糕裙裾。我總要等到教練結束拍攝，才嘗試躡手躡腳接近。

由於好奇、由於怕拖累眾多潛伴，我的潛水技術慢慢磨練成形，恐懼也因此漸漸消融在繽紛的海底世界。我以為對海的探索只待潛水技巧嫻熟，這水中世界便為我所恣意享有。

安琪拉知道我們是以攝影為主，頭幾次下潛老趕不上她潛水計畫既定的景點，我們彼此心知，最美的不一定都在終點等候，當它不期然出現，如果為了趕路而錯過仔細端詳，拍攝，即使到了終點，面對目的地時，仍會有隱隱的遺憾啃蝕不滿足的心，於是索性放慢步調，當下即是風景，她也樂得走走停停，隨我們去發現驚奇。

這個熱門的潛水勝地，吸引來自全世界的潛者，即使在廣闊的海中，也常常和不同隊伍相遇，安琪拉似乎交遊廣闊，不斷地和對方導潛打招呼，以手勢交換看不懂的訊息，我們也和對方潛水員互相打量。比起我們團員，國外潛者拿攝影機的比例不高，多半只是純粹欣賞海中景物，和陸地觀光相差無幾，一般而言，西方人旅遊時對景物本身的興趣，多過於在景物前擺出制式的笑容拍照，而台灣的觀光客對自己是否在著名景點留下紀念照可是斤斤計較，至於景點，回到國內慢慢看照片就行了。不過，海底攝影的主角是海中生物，並非人物。不知道這是否也出自於同種心態。

當我們邊漫游，眼神邊飽覽海中奇景，T從前面遞過來一隻刺河魨，牠的身體已經因為受到驚嚇而脹得圓鼓鼓，棘刺僨張。像在台灣潛水一樣，我們遇到刺河魨總是乘機捉弄一番，看牠被整弄而氣呼呼的神情，煞是有趣。這是每位潛水員初次下海結訓時，教練為緩和緊張情緒所安排的餘興節目，看到因為膨脹而變得行動遲緩，拚命地搧動尾鰭卻只能在原地打轉的笨拙，每個菜鳥潛水員都會開心，忘記剛才為了測驗而比河魨更緊張獃笨的自己。

河魨正怒不可遏地瞋視，我把玩在手，把牠當成長刺的氣球拍逗，看牠嘟嘴的神情，感覺極卡通極滑稽。不想，原本在前面帶隊的安琪拉回頭看到這種景況，一個箭步衝過來抓住我的手，以嚴厲森冷的眼光制止我，我像誤觸令皮膚灼熱的火珊瑚立即縮手。即使在冰涼的海水中，即使面鏡罩了大半的臉，仍覺得臉上雙耳一陣羞赧的滾燙，久久不褪。

後面跟來的不知情的Ｍ，看到這隻餘怒未消的河魨，又自然地拾起，安琪拉看了又是一急，大力搖動雙手，在Ｍ還不明所以的情況下，她做出單腳跪姿，雙手合拳乞求，雙眼滿是憤怒、不解、焦急與無奈。第一次在和善的導潛眼中看到如此複雜的眼神，Ｍ訕訕地縮了手。

這一幕所有潛伴都清楚目睹，也不解為何安琪拉的反應如此激烈，所有動作停頓下來，唯有一陣詭異氣氛隨著紛亂的氣泡，升騰直上。

安琪拉以強烈的手勢、堅定的眼神示意我們不得再碰觸任何東西，看每個人一一做了保證之後，才繼續上路。但我已經失去原先的好興致，其他人似乎也不再見獵心喜，水中原本是個無聲世界，但是此時，比寂靜更深沉更荒漠的肅穆氛圍，像海水浸潤了我們……

腦中不斷重複剛才的一幕幕，不知哪裡出了差錯？只是玩笑罷了，河魨最後不是氣消，恢復正常的體態平安離開了？我們並未傷害牠呀！倒是這股氣反而吹脹到我們身上，每個人身上看不見的意念棘刺正張牙舞爪，四處噴射。

教練對所教授的學生一向自負，他帶著大家潛水，純粹只觀光及攝影，一概不破壞不獵取海中生物，不管在國內或國外，他約束隊員不購買任何珊瑚貝殼等工藝品，以免消費助長更浮濫的採集。基於這樣的理念，合則聚不合則散，早年和他一起潛水原先拿魚槍的人，大都紛紛放下武器改為拿攝影機，而對打魚仍癡迷執著不悟的，便漸漸在俱樂部中銷聲匿跡。我們是如此愛海，教練所拍攝的影片不知打動多少人的心，應邀演講時，總不忘對聽講者誘之以美、動之以情，喚醒珍視海洋及生命的覺知，提供以悠遊、欣賞來親近海的方式，取代以往只知大嚼大啖海鮮滿足口腹欲望。他甚至在東北角潛水時，看到魚蝦蟹陷身漁民隨意丟棄的漁網中，心痛地放下手中的攝影，將生物一一解放出來，上岸後更招募同好下海撿拾廢棄漁網。這不是尊重生命、愛海的表現嗎？教練如此自許，我們也毫無質疑。

安琪拉在前方奮力踢蛙鞋，不再優雅不再耐性等候，有時回首投以不信任眼神，如同我們所接近的海中生物般警覺。我們像被訓斥一頓卻完全摸不著頭緒自己哪裡做錯事的孩童，只好默默跟隨著安琪拉。一個氣泡在眼前由細沫漸漸升騰，漸漸變得巨大，我看清其中包裹的想法，她不認同我們的行為，甚至怒氣填膺，顯然我們純粹出於玩笑的舉動，在她眼中不是玩笑，而是……粗暴？虐待？

是虐待嗎？

氣泡遽然扎破，我怦然心驚，雖然我們自詡熱愛潛水、熱愛海洋，在安琪拉眼中，我們竟是粗野的人嗎？以她的標準，我們的愛顯然還不夠徹底、不夠細膩。我們以台灣一貫對待海洋的粗暴、貪婪作為比例尺，來丈量我們的愛心，自以為擁有不同一般人的理念與做法，殊不知尺有所短，禁不起她的「尊重生命」這量尺的檢驗。我恍然，一直以為，所謂「愛」就是不佔有不破壞，卻遺漏了「尊重」，再怎麼熱愛，也只能遠觀不褻玩，讓萬物自生自長，保持尊重的距離，才有愛可言。

我知道珊瑚如此柔弱禁不起踩踏、知道鯨豚數量銳減中、烏魚鮪魚因為過度打撈而逐漸枯竭、我欣賞蝶魚是海中游走的絕豔……凡此種種，都是需要關注保育的對象。但是，隨處可見的河魨多如屋角樹上尋常的麻雀，嬉逗一番有何妨礙……我忽地警覺自己狠狠中了「愛有差等」的蠱，顢頇以為美麗的、脆弱的、稀有的才是愛的對象，關懷保護的目標，不曾有過「生物不分多寡美醜，都該一視同仁」的念頭。如此想來，以往眾人在海中自覺無傷大雅的嬉戲，甚至為拍攝出美麗照片而移動生物，即使事後放回原處，也許在安琪拉眼中都成了嚴重侵擾，甚至是破壞？

安琪拉隻身來到這純樸的小島，應不只是為了商業利益而已，否則，她大可像我們所習慣的其他東南亞國家當地導潛一般，一味迎合觀光的需求，在我們眼中已經司空見慣、覺得不足為奇的東西，他們殷殷捧來獻寶；為滿足我們想拍攝一公分大小、擬態能力極佳的豆丁海馬，他們幾乎摸遍整株豆丁海馬藏身的海扇逼牠現身；翻轉海葵、海百合，尋找共生的蝦蟹；幫我們準備好食物去餵食魚群，讓我們享受被魚群環繞乞食的樂趣……然而，我心裡清楚：當地導潛愛的是觀光客，他們為觀光客所獻的殷勤有時看來都覺得不忍，對生物也太粗暴了些，甚至不得已反客為主，制止他們過於粗魯地毯式的搜索生物。而安琪拉卻是愛海的。我早該從她在導潛的過程中，動作溫柔有情，一邊撿拾海底垃圾看出端倪，這點我從未見過任何當地導潛做過，如果我更有悟性些，我更可意識到她和我們共餐時，她餐盤中簡單純素的食物已說明她對生物的尊重。是我們的駑鈍，當受這兜頭的棒喝。

這一記棒喝也敲醒我的迷障，潛水是該好好提升技術，能悄無聲息接近而不驚擾，是對生物的尊重，但是該琢磨的又不只有技術，純粹的技術從未帶領我更自足、更清明，倒是該好好思索我從懼水到潛水，其中有何因緣？又有何道理？不只是斤斤計較上岸後的剩餘氣量，沾沾自喜耗氣少的能耐，也不是和隊員比賽辨識魚族的界門綱目科屬種，以示博聞強記。甚至，眾人熱中拍攝的絕美照片應該也只是某種過程，而不是終極目的，不能一味耽溺，至於終極是什麼？不是一時所能想出，值得日後仔細思索。

我悄悄決定，上岸後，誠摯向安琪拉道歉，並且致謝。因為，教練如果是啟蒙我潛水的人，那麼安琪拉是以另一種方式點醒了我，她為我指出一條可以深潛之路。

作品

她知道，陸地太擁擠狹窄，只有空闊的海洋可以容納得了他的孤寂。那麼她的悲傷呢？

如果是數位相機，就可以顯現出每一張影像定格的確切時間，但是這是幻燈片，那一張張框在膠卷的時序遂無法分辨是否錯置。她在黑暗中，喪失了時間感，不管是現在或影片中的過去，都癱融成一片，無力。投射在白壁上的影像分給她一些光，一些反照的顏色施捨給蒼白的臉，除此之外，只有一屋子冷絕的黑暗。

這幾卷幻燈片擱置了好久，直到一切塵埃落定，所有勸慰的人都覺得盡了責任，說了該說的話、給了該給的支持之後而離開，終於還給她想要的寧靜，她才有機會好好面對，逐張逐張按壓幻燈機轉盤審視作品。不同往常的只為它們做照片說明，現在，她想循著圖像再一次尋探他在海中所見所感。如果這些生物的出現都是上帝有意的安排，不是隨機的拍攝，究竟隱藏什麼密碼在其中，她需要譯解。

她先看到照片中寶石紅的海星斷肢，才看到上頭約五公分大小的油彩蠟膜蝦，正抱著比牠們大的海星斷肢大嚼，仔細瞧，還可以看到只剩四肢腕足的海星在畫面角落，彷彿被拘囚著、豢養著。一隻海星便建構了油彩蠟膜蝦的完整食堂，只要慢慢嚼啖，不厭煩口味單一，油彩蠟膜蝦不怕斷糧。

四隻腕足算不算殘缺？她想，對有再生能力的海星而言，單一腕足也能再生出失去的四肢，人類如果擁有這樣能力，所有的焦紅傷口，所有如蟹足腫大的瘡疤都能恢復平整，屆時，即使擁有哀悼的心情也沒有可以對之哀悼的創傷。只是，心死的人該很無奈吧，即使企圖自殘，肉體也無法死去，反倒是所有的痛苦如再生的細胞，不斷複製、復活，斷二而為四，斷四而為八……細瑣而且繁多，成為布列在海中的星子，熠閃著寒光。

還是造物主公平，只賜予海星之類無脊椎動物這種再生能力，對有自我毀滅傾向、有同種互相攻擊（折磨）行為的人類來說，擁有這種能力不會是天賜的稟賦，反而變成一種天譴。

用海星來隱喻，全景、局部、特寫……想告訴她什麼嗎？希望她活得像無脊椎動物，純粹憑仗著本能，而不是依靠著思考、靠感情、靠回憶活著？或者，希望不管他傷她傷得多重，只要她還有殘缺的軀殼和心靈，一息尚存，假以時日，就能再生出另一個鮮活完整的她？

接下來的幾張幻燈片主題是一大一小的海蛾，有著扁長的嘴，如鴨子般左右搖擺地在沙地上爬行，雖然張著鰭翼卻無法飛翔，只能保持平衡。身上布滿土褐斑點，是絕佳的保護色，如果不移動，簡直無法察覺牠們的存在。兩隻海蛾在散落著幾塊礁石的沙地上各自爬行，背後隱隱約約幾線行跡紋理，交會又分離。

她瞇眼注視，竟像舊時在日本銀閣寺庭園所看到的枯山水，當時年輕，不懂日本的枯山水，曾經望文生義，質疑繁麗的生命背後果真本相只是一片枯寂？後來才知道，枯山水上的沙地耙梳出來的紋理代表流水潺潺，礁石象徵蓬萊仙島，僧人對著靜態的山水參悟變動不居的世界。而她對照眼前的幻燈片，嘗試去參悟什麼，卻了無慧根，海中如今再也沒有可以讓她嚮往、頓悟的極樂世界了，只有生存艱困的悲慘世界，即使擁有海蛾的保護色，只想在荒瘠的現實緩緩匍匐，也保護不了被命運之神鯨吞蠶食的生命。

按轉作品，一向在身邊解說拍攝過程的他，如今缺席，只剩她面對一堵白牆所虛構的海洋，千萬思緒，都化為一個個斷裂的字，像一群模糊散漫的魚苗集結成球，但她一逼近，魚苗從她伸手之處保持等距地退卻，她抽手，魚苗又團團如初，腦中沒有邏輯的語串成形。

她多次和他下水，了解他在海中的癡迷狂熱，他的腦中像鍵入相關字詞，眼光只會自動搜尋海中的生物，有時可以完全忽略她的存在，彷彿她是透明的水母隱身在藍色海水中。但她知道他其實在乎的，在每一次按下快門後，便左右顧盼確認她的位置，對她眨一眨眼，她懂得那眼神。為了不打攪他拍攝，她也甘心變成水母，漂浮在他上下四周，呼吸細細淺淺，撐開了保護傘，垂下輕柔的觸手，籠罩著他，幫他趕去身邊躲藏的獅子魚、玫瑰毒鮋、魔鬼海膽……最後，再點叩他的肩膀，提醒氣瓶的殘壓所剩不多，該回頭了。

體內含百分之九十八水分的水母只要一離開海洋，便迅速乾癟，死亡，但，如果可以，如果需要，她甚至願意讓觸手充滿毒刺絲，不僅在海中護衛他，也在陸地為他撐起一把隱形的傘花。

曾經在海中，她綁繫的髮束鬆開，長髮隨著她的泳動悠悠飄散，他後來上岸時說，當他一轉身，剎那間以為她是一隻隨波流招展的海百合。她想，我若是海百合，你可是我能依靠的海扇？只要緊緊攀附著你，我就能伸展出去，朝向強流來的方向，抓住我的幸福？

這個疑問一直沒有機會說出口，如今她卻得到不想知道的答案：先被時間海流沖走的，是他。

如果他安於陸地攝影，也許不會有今日。果真如此，她也不會有今日。命運一轉折，咫尺天涯。

雖然同在旅遊雜誌社，他總是在外奔跑，即使回雜誌社交稿開會也多半靜默，靜默到共事了幾年，他在她腦中只是一個抽象的名字符號。直到他開始海中攝影，她雖然對海中生物異常陌生，卻彷彿可以直覺照片中流動的意識和情感，於是自告奮勇撰文介紹，在一來一往的討論中漸漸熟稔起來，最後決定在茫茫人海中相依，共游。這個在喧囂世俗中異常沉默的男人，如果他是一隻未命名的魚，從此以後，她就是魚身上的細膩鰭鱗所鋪排出的紋路色彩，別人因為她而能辨識他存在的面貌。

為了更深入他的世界，她也勉強克服恐懼開始潛水，雖然之前已驚詫他所拍攝的影像，但是進入無重力的海中世界後，她更真切領略這個內太空何以令人心迷神醉。只是越了解，先前所有想像中的危險，卻一一變成真實的切片置放在高倍顯微鏡之下，纖毛畢現，體液奔流，尤其在懷有身孕無法陪他下水後，越發忐忑心慌。

她早就洞然他費心編織的說法，只是不戳破，拐彎抹角的暗示她其實知情，他的朋友並不能替他遮掩什麼。她並不反對他這個小小樂趣，但是，為何他總要單獨前往。一個人受到外物魅惑眼光發直時，需要有人在旁拉拔，以免陷溺過深，甚至賠上性命。這樣的寬容還不夠嗎，為何他還是選擇躲躲藏藏的赴會？

隱瞞原是一種體貼，築一道壁壘讓她和事實隔絕，也和恐懼隔絕，但是到了隱瞞不住時，壁壘崩塌變成突來的土石轟然滾落，兜頭將她掩埋。

她知道，陸地太擁擠狹窄，只有空闊的海洋可以容納得了他的孤寂。那麼她的悲傷呢？海如此大，卻如此險惡，掀起海嘯吞噬她的一切，已然裝盛不下她的悽愴。

他曾說，潛水日久，發現海洋其實不是靜謐的，每次下潛，大海始終在耳邊，以一種特殊音頻，喋喋不休，比他呼吐的氣泡還雜遝真切。又問她是否聽見。

什麼聲音呢？是不是像藏身在她體內，正孕育生命的一座汪洋？她常癡心地撫觸，喃喃說些私密的話，感受一個胚胎在裡頭翻滾，泅泳，探索，成形。感受生命與希望。而小小生命也側耳聆聽來自母體深沉溫柔的呼喚。這一切，他只能從超音波照片一窺模糊的身影，阻隔在母與子的親密連結之外，就像她只能看到顯像的幻燈片，聽不見海對他的殷切絮叨。他對海洋簡直充滿回歸的孺慕，但海洋顯然沒有以母者的心情在看護著他，只是冷然的瞅著，是福是禍，是悲是喜，由他自己去承擔。

他不是貪多務得的人，在海底數位攝影當道的時候，依然堅持使用傳統相機，按下快門的那一刻，構圖、光線、遠近、主題已成形，像命運的吉凶悔吝已成定局不可修改，即使失敗了也不能刪除重來。

在轉盤結束前的幾張拍的是章魚，章魚的體色多變一向令他著迷，生命雖短暫，卻也發展出複雜的腦部結構，成為海中狡黠的殺手，違背演化的規律，讓研究者不解，也使他迷惑，他總是遺憾沒有一張滿意的作品，所以，接連幾張，對焦或清晰或模糊，或只有局部入鏡，章魚迅速的移動，身上色素細胞隨經過的地形變換不同的顏色，努力逃脫他的鏡頭。

他追逐他的獵物，而，她不知道他在等待拍攝這張照片的同時，已經被死神窺伺了多久？章魚應是死神放置的釣餌，將他誘引至一般的潛水路徑之外，那裡布置一張漁人丟棄已久的漁網……

最後一張，照片中的他拿下面鏡，拿下呼吸的二級頭，強睜的眼凸瞪著，嘴角有一彎蒼涼的弧線。海水中是否有他被稀釋的淚？他模糊的眼瞳是否看到她的身影、快轉著從前種種？

當他下水的隔日被發現時，據說，像一隻黏附在蜘蛛網上的蝶，隨海流緩緩漂動的身子彷彿在做最後的掙扎，她知道的，是死神那雙看不見的手在翻檢纏在漁網上的獵物。

身為攝影者的他一向很少入鏡，最後這張自拍，她不得不婆娑淚眼去面對，他的臉在壁上浮盪、模糊。她似乎看到漫漶的白壁上，重現他拍下最後作品的過程——

他把鏡頭翻轉，對準一張被恐懼、絕望、遺憾網獲的臉，歉然一瞥，喀嚓！將自己的生命就此停格在幽暗冰寒的海底……

妥協

我想跳進海裡。
擺脫所有的燒炙，擺脫現實的重量，擺脫自己沉重的負荷。

船犁過藍色的海田，翻出許多躲藏的小生物，牠們不預期見了天光而四處跳竄，夾雜在白色的泥沫中。

為了抗拒船身劇烈的起伏，我不敢凝望水面太久，把視線拋向遠方參差的山稜，企圖勾住一股沉著穩定的力量，壓抑湧上來的胃酸，消化道變得敏感，像一管有刻度的容器，感受灼熱的胃液反覆升升又降降。

從小常搭渡輪，不曾暈船，但是，轉兩班飛機抵達印尼的美娜多已接近半夜，雖然立即就寢，然而船艙底的房間通風不佳，整夜嘈雜的引擎啪啪啪死命敲打我的耳膜，拉緊棉被掩住口鼻，抗拒廢氣竄入肺葉，依然無法安穩入睡。捱到天矇矇亮，索性披著外套到最上層甲板，坐在駕駛艙前的躺椅上，睡眠不足，加上船身搖晃，胃酸遂漸漸冒湧上來，頭漸昏。

帶到甲板的書只有風使勁地翻看，我的視線暫時無法收捲回來聚焦在密密麻麻的字，疲倦至極，閉上眼，想像自己在搖晃的吊床上，在來回擺盪中，濃濃睡意漸漸湮漫我的意識。

不知過了多久，感覺一片陰影籠罩著我，勉強睜開眼，是朋友通知我用早餐。原來，我睡得太沉，已經錯過此行的第一次潛水，雖然恍惚中聽到底下傳來嘈雜的聲響，但我眼皮太沉重，無法撐開。不一會兒便回歸平靜，再一次恢復意識的時候，潛伴們已經上船梳洗完畢，準備吃早餐。

經過休息，不適漸漸褪去，尚未恢復食欲，但為了潛水得儲備好能量，以免下水後體溫消散得快，會禁不住發抖打顫，於是勉強進食。

休息，補充營養。不管我怎麼打算，身體似乎有它的意志，倔強又頑強，不願意完全配合，為了我積欠它的睡眠時間而鬧彆扭，一定要索討，索討不得，轉而懲罰我。等我終於下潛到海中，胃像另一座翻騰的海洋，連漂亮的珊瑚礁魚、沿海床斜坡分布的一個個約一米長的巨大硨磲貝都沒有發揮該有的功能，沒有讓我因為驚奇而忘卻身體的不適。視覺的饗宴，無法安撫身體的疲累和它隨之而來的壞情緒，一浮上海面，在微浪中載浮載沉，登上接駁的小船才坐定，便迫不及待轉頭，俯身向船外，哇啦——吐了。

胃陣陣痙攣，才下腹的早餐，身體拒收，被推送出來。

其實它想要的只是暫停一切，徹底休息。我知道。

從耗竭身心的工作中抽身，我也只為了讓它好好休息，尋找一種可以放空思緒、漂浮沉重而蹣跚軀殼的方式。大概我的身體有自己的主張，它比較眷戀慣性的上班下班，在城市中平行移動的軌跡，儘管疲累，至少可以苟且現世的安穩。它沒打算、也承受不住在高空飛行之後、又經過一段長途車程到港口登潛水船出海、乘船時上下顛簸破浪，接著一夜的無眠便又下潛至海底二三大氣壓的環境中。我的意志純粹是個獨裁者，下達身體僕人無法完成的指令，於是它便左支右絀，一邊忠誠地配合我的想法，又一邊露出可憐相。

但是我決定獨裁到底了。我具備所有獨裁者不得不偏執的心理背景，忍耐著在乾涸的城市沙漠踽踽獨行已久，四處叢立的玻璃帷幕樓廈反射炫目的熱浪，像扎刺的仙人掌。焦渴已久，日復一日拖沓著疲倦的腳步，好不容易翻過一座座沙丘，眼睛已經迷花了，我想跳進海裡。擺脫所有的燒炙，擺脫現實的重量，擺脫自己沉重的負荷。這些理由不僅充分，而且非得如此不可。

只可惜我平常太過忽略，甚至有些虐待它，不是拿些垃圾食物敷衍它，就是在它已經能量不足，瀕臨紅色警戒快要停機時，猛灌咖啡，催它繼續賣力運轉。等到拖著身體上床時，可憐的它連踩煞車的餘力都沒有，只能氣息奄奄攤平著，任由殘留的訊號斷續熠閃著，直到夜深。

它也許忠誠，但它有自己的能耐和極限。這是它的抗議方式。我以為選擇脫離地心引力，連蛙鞋都不必踢動，緩慢隨著海流漂浮，那是我們共同需要的，這是我所能想出的犒賞它的方式。也許，它還沒有準備好。

第三次的潛水我又缺席。專心安撫我的身體，放鬆再放鬆，試圖催眠它，希望頭不要那麼擂鼓似的宣戰，而腸胃不要癟著嘴喊餓卻又不接受我的餵食。這樣套裝的船宿船潛行程，包含每天四次日潛及一次夜潛，才第一天我已經為它放棄兩次下水，應該顯現出我的誠意了吧。

朋友準備著裝下水前，特地到甲板上和在躺椅中閉目養神的我打招呼。我的身體和我鬧意見，他們也無能為力，他們只能在回到船上時，秀出所拍的照片和影片，彌補我缺席的遺憾。

四點多第四次潛水。我覺得身心已經達成協議了，興沖沖著裝下水。看著沙地上爬行的海蛞蝓、貼地滑行的藍點魟、趴伏礁石上擬態的鱟魚、密密匝匝的金花鱸和小雀鯛……身與心愉快地、契合地共享眼前一切。直到四十分鐘後，它決定它已經看夠了，又開始蠢動，先是隱隱地抽動後腦神經，見我不理睬，便加大力道，後來索性驚天動地擂擊起來，我倉皇逃出水面，一出水面，哇啦——

這身體不受我控制。而且，還製造假象欺瞞我。除非我妥協，顯然它不惜繼續抗爭下去，即使自虐也在所不惜。

但往好處想，它畢竟安分了四十分鐘，我抹去嘴邊的殘物，這也算是我的小小勝利吧。

我再以放棄夜潛為籌碼，交換明天的全程安穩。朋友已經帶著燈具下水去看夜行性的水族，除了引擎運轉，船上人聲寂靜，我躺在甲板上，遠處的小島燈光疏落，山痕依稀，天空反倒璀璨晶亮，記不得視線有多久不曾馳騁在這麼無垠的幽黯了？

風浪尚稱平穩，微微搖晃的船身令人思睡，在我沉重的眼皮漸漸闔上之前，彷彿瞥見一道流星劃過天際，有個念頭也像流星一閃而逝：「夠了，遠遠丟開平淡的生活，有度假的心情就可以了，不要勉強吧。」

來不及分辨是我的想法，還是身體在發言，便陷入一片冥濛。

隔日的好精神讓我重新燃起希望。七點下水，赤道附近的水溫宜人，看小巧的四水玫瑰在海葵中一頓一頓地跳著舞步，粗壯的海鰻溜出洞穴出來閒逛，兩對不同種的海龍、海鞭上的骷髏蝦、海蛾……

「看在這些有趣的生物分上，也許它態度會軟化，不會這麼堅持。」我一邊貪婪地看著這些水族，一邊小心深度的變化，深恐又要惹得它不快，當機罷工。

但是覷著眼前的美景，又不甘已錯過的，心中的起伏不下於海面二三級的風浪。它可能洞悉我的埋怨，卻不動聲色，在大家都已登上了接駁小船興奮討論方才見聞時，讓我不得不敗興地青著臉，轉頭向船外，哇啦——

這身體已經不是我的了。

周遭興奮的討論戛然而止。吸附眾多的悲憫眼光，讓人更不自在。

我相信昨夜神啟式的暗語不是我的想法，而是身體的警告，或者，命令。

眾人捐輸各種藥品，幫著討好我的身體，止痛藥加上暈船藥。下水之後，依然哇啦——

嘗試腸胃藥，再一次潛水，它堅持，哇啦——

試試保溫頭套？再潛水，它說，哇啦——

眾多潛水老手從未見識過如此桀驁不屈的身體，似乎比我自己還惱怒，也陪著我槓上了，建議更安全更緩慢的潛水模式，在海中隨時打手勢詢問狀況，但是一浮出水面，它嘔心吐膽，哇啦——

於是，幾天下來，待在船上比下水時間多，假寐又比翻書的時候長。每次覺得已經養精蓄銳，身體該準備好享受海中的清涼與輕盈時，它還是強硬拒絕，哇啦——

它彷彿建立起自己潛水的儀式，在每一次結束，以嘔吐作為句點。已經是此行的最後一次潛水了，我低姿態央求它，行行好吧。我體內的海洋已經全部掏盡，引流到這異國的海域，乾涸見底。

它依舊，哇啦——

恍惚中，我聽到伴隨著腸胃劇烈的收縮，隱隱傳來一陣咕咕怪笑……

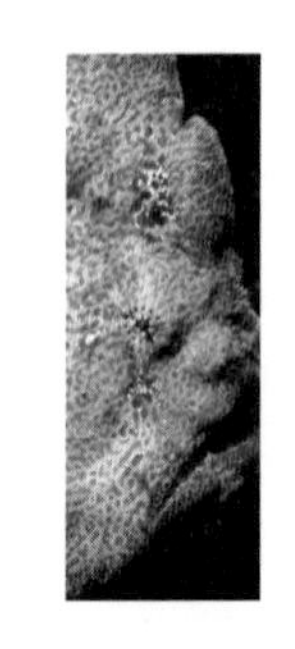

魚・病

剩下的魚也是這樣的望著我。
除了給食物、換水、清理，我所能給的也只有像魚的凝望，在牠們集體染病的時候，眼睜睜瞧著。

一早進辦公室，照例餵魚，投擲幾顆飼料，彷彿敲下一天忙碌序曲的音符。習慣上見我餵食都會簇擁過來、興奮竄游等待搶食的孔雀魚，今天不知怎麼回事，縮著尾巴，病懨懨的，靜伏不動，口張得老大，勉強地吐噏空氣，甚至有的已經半躺在缸底細石上，兀自用力搧動尾鰭、臀鰭，失去平衡的身子漸漸攲斜，腹部朝上掙扎著，似乎想極力維持魚類優雅泳姿的尊嚴。仔細一看，有兩隻隨著循環馬達打出來的水流，沉沉浮浮，其中一隻尾鰭已經不見，另一隻身上鱗片斑駁脫落。再一隻，繞纏在水草中，像裹著蓆子。

週休假期前還好好的啊——

慌亂撈出已死亡的魚，埋在陽台的盆花土下，這裡早先已陸續安息著三隻牠們的同伴，那是在飼養的過程中，因不適應環境而夭亡的。

進一步檢視，一隻肚子圓圓、已經待產的母魚，看起來健壯無恙，但卻似乎被周遭的疫情驚嚇得不知往哪裡躲藏，疑懼而畏縮，趕忙另外裝盛著，希望牠未被感染。接下來尋思：我還能做什麼？

只能試著動手布置屬於魚的安寧病房，放幾根水草，再把藍王子和大橘尾隔離，昔日換水時會極力掙脫我的撈網，現今牠們已然無力掙扎。試著丟幾顆飼料，也吸引不了正在和死神拉鋸戰的貪吃病患，急促翕張的鰓蓋，我彷彿聽到牠們大口喘息的聲音。藍王子本來是魚缸中最特立獨行的貴族，牠喜歡在缸內游逛，由左到右，上到下，穿梭在水草間，彷彿巡視牠的領地，泳姿瀟灑，只搖動寬大的尾裙禮服，而細窄腰身依然挺直，也不搭理缸中眾魚追逐的四尾母魚，自戀又自傲。而這隻驕傲的公魚如今顯得狼狽，尾巴像淋溼的裙襬緊黏著腳，身子左右奮力擺動，也甩不出原有的漂亮弧度。而一向喜歡繞纏在母魚間的風流大橘尾，常常彎著尾巴、一停一頓倒退著游，像是跳著挑逗煽情的求偶探戈，又喜歡吃飛醋，時不時追啄其牠競爭者，如今也似乎陷入彌留，只剩微弱的呼吸，睜著大眼無助地看我，動也不動。

剩下的魚也是這樣的望著我。除了給食物、換水、清理，我所能給的也只有像魚的凝望，在牠們集體染病的時候，眼睜睜瞧著。

從來就無法準確估算缸中有多少魚，牠們總是忙碌而躁動，一刻也不歇息。現在終於都停定下來，以這種方式，終於可以數清我擁有多少，而且，知道即將失去多少。

養了十個多月，一向自認為是稱職的主人，現在顯然有我看不見的疫情正悄悄散布，到底是哪一個環節出現問題呢？一切都如常進行，飼料不多也不少，定期清理保持潔淨，牠們已安然度過夏秋冬……意外來臨的時候竟毫無徵兆，生命異常脆弱，卑微，死神伸出一指，鉤釣一個生命如此容易。

開始養幼魚的時候曾上網搜尋資料，了解養魚先養水，魚的習性、壽命，預先了解可以擁有牠們多久，我以為至少有一年的時間，雖然短暫，足以在慢慢建立情感的同時，也慢慢自我建設：這只是一場不平等的邂逅，我依賴牠們多過牠們對我的期待，牠們只要我定時餵養，乾淨的水質，而我需要牠們好好地活，神思隨著牠們無語地優游，讓我由一缸水想像一片大海，無重力的藍。

終究牠們將離我而去。只是沒有預料，告別的時間如此匆促，不在我設想的期限。十個月就只是十個月，未足自然天命應允的一年，我頑固地扳手指計較牠們離去的日子。然而，死神如此慳吝，無法討價還價。

時間跛著腳踅去，凝視良久的魚缸似乎越來越濁白，遏抑不住地從水中散逸出來，懸浮在辦公室中。於是，辦公室籠罩著一股怪異氛圍，雖然一如往常人馬雜沓，喧囂沸騰，此時忽然變成一幕幕默片般，但見表情誇張，比手畫腳，卻聽不出有何聲響。男女同事好像不再步履沉重地在地板拖行，或者高跟鞋恨恨地叩叩叩，只看見往來大幅度擺動上肢，或顛搖著兩爿臀，便可以順溜的從這一桌泳滑到另一桌。我緊鎖眉頭瞇著眼，努力注視泳滑到我面前的同事張合的唇齒，巴拉巴拉，他應該說了什麼，但自己的耳道卻像充滿了水，只捕捉一些像是飽浸了水的變頻聲音，甚至連自己回答的語串也像吐出無聲的氣泡，一張口就沉默的爆破、消散，爆破的波長還繼續一圈圈往外擴散，震得同事瞠目結舌，讓他的顏面神經麻痺，之後，便僵直著表情地走開。

魚病也會傳染嗎？同事看起來不對勁，會不會一個接一個，泅回自己座位，虛弱地趴伏著？卻眾手一致地軟軟射向我：「都是你……」

都是我，不該在乾涸的辦公室營造一缸虛擬的海洋，妄想著熱帶珊瑚礁的豔彩魚群和陽光下薰暖椰風，以為可以產生溫度，讓自己在辦公室冷冽的氣氛中不再瑟縮，不再對現實過敏流鼻水，可以抑止自己想不合時宜披上厚重冬衣的念頭。都是我，在擬定文件時習慣性在魚缸中捕撈合適的字串，卻被認定發呆偷懶，對我的魚缸同時投以欣羨的一瞥和嘴角掩藏不住的一撇。都是我，當別人覺得工作如酷刑般挾壓精神和肉體，競相比賽誰的哀嚎聲又高又多時，偏我靜默不叫嚷，被眾人揶揄是工作分量太輕薄，才有閒暇照顧一只魚缸。都是我。完全不符合該滿頭大汗、躁動地走來走去、不管接受任何難易工作都習慣要迭聲抱怨的被壓榨形象。現在他們終於累出病來了，再也不怨艾，都是我。

一定是我，從他們那裡剋扣了些閒情，蓄養在魚缸中，私自享用。如今不但失職讓魚染病，也讓同事受到株連。我的頭越來越低垂，不敢直視那可能從各桌拚著最後氣力直射過來指責的指尖。

不知過了多久，有團黑影橫在眼前：「你的魚怎麼了？」

這一句彷彿聲控的鑰匙，開啟辦公室特有的嘈雜背景配樂，再度哇啦哇啦響起，原來一切如常……

我抬起頭，眼中必定蓄著感激的一窪水，只見得人影在我面前浮盪。

「魚病了。死了。」

大家沒事，只有魚依然……這是一場夢中夢，從淺層的夢境中醒來，卻發現自己喚不醒仍在噩夢中掙扎的自己。

換成我嘟囔著像無法說出病痛的魚嘴，空自吁喘。

眼前的烏影不知何時飄走了。我又撈起兩隻，牠們掙扎總歸徒勞，終於完全停歇，卻無法闔上眼安息。

萬一同事都錯了呢？我不是偷懶神遊水世界，而是暫時逃離魚族幻化成人類，拚命的工作以免露出破綻。我常常盯著魚缸，除了腦中已字串枯竭，想在魚缸捕撈，還希冀得到一點提示與悲憫，也同時必須忍受大橘尾優游在異性間認真地無事忙，如同偶像劇的男主角成天不虞衣食。而藍王子已超脫愛欲，根本任何人不入牠的眼，除了牠自己。牠們正向我炫耀我以為乏味而極力擺脫的生活。

「後悔了吧？」大橘尾逗弄這隻、那隻母魚，然後示威地看看我。

「後悔了吧？」藍王子追逐自己夢幻的尾巴，做了一個漂亮的迴旋，故作遺憾地對我搖搖頭。

對我這個叛離的水族後來過得惶惶終日，不時偷眼過去的生活，也許，牠們挺幸災樂禍。

我無法分辨哪一種生活是值得過的生活，除了周遭閃爍的乜斜眼光，在陸地生活中，所有我草擬的文件、經手的卷宗、蓋過的職章……這些果真能如我當初想像：堆疊起來可以佔據空間一隅，證明曾經存在的痕跡？是否可以比在水中優游終日，打嗝出來的氣泡更長久一點？那麼，億萬年前從海中出走的長鯨，為何又重回大海，牠也是無法適應陸地生活嗎？即使回復以往生活，仍時不時便要對空吁吐當初鬱積的濁氣。

而現在，我該躍回魚缸問問牠們怎麼了，離水太久，我竟不知不覺習慣陸地高分貝咂咂聲響，再也譯解不出魚之間形而上的唇語。我該和牠們並肩對抗疫情，要不，同生共死？還是置身疫區之外，以便尋求更有利的資源？

完全束手無策。想到日後我將倦怠陸地人事，卻再也無處可歸，胸中的悽惻漸漸潮漲。

移開絕望的眼，卻瞥見：一旁被隔離的母魚，不知何時，靜靜地生了無法指數的，小小希望。

夜，潛……

當海中世界熄了燈，我是唯一提燈者，變成不寐者所希冀的光明，似乎也擁有掌控生死的權柄。

夜，冰涼而溼漉漉，浸漬著我，被暗黑徹底滲透，沒頂，之後加速沉落，一直沉。我下潛到夜心深處，包裹在一片魆黑中，尋找是否有其他像我一樣的生靈，長睜著眼度過漫漫黑暗？或者，尋找有多少情事在白晝中無法見光的，如今在闇夜的掩蔽之下，悄然滋長。

最容易尋獵的是酣眠的夢，不消說。珊瑚礁底，一窟又一窟橫躺著張嘴的鸚哥魚，一襲透明包膜從口中涎出，蒙覆全身，徹底鬆懈在密密包裹的夢境中，隨偶然蕩進珊瑚礁穴的海流微微漂浮。我的手電筒像舞台的燈束，照見一具具的睡眠，彷彿是假死的狀態，陸上墳塋中的棺木若不鏟覆泥土，不種植松柏，在一切還未消腐之前，所裸裎的死亡大概便是這樣的光景吧。我可以輕輕撫觸泡沫鰭鱗，可以輕輕挪移，鸚哥魚甚至不會察覺躍醒。當然，我不會如此做，我只像夜之神出來巡弋，不驚動任何警醒的貓與夜梟，悄然飛行在海平面下，探看眾生集體進入眠夢的國度，那國度中是否也如人類的夢境，墮入另一種錯亂失序、黑白、今昔、善與惡、意識與潛意識混雜交織的時空？我進不到那裡面，豔羨著那狀似亡者的安詳，沒有糾結的眉頭，也沒有在夢魘中掙脫圍困而不得的呻吟。別人的夢如此唾手可拾，我的卻在望不到底的黑暗外，茫然無蹤。

或者，冷眼旁觀那些悄然出動，尋獵酣眠者的行徑。

一尾海鰻從身旁溜過，牠瞪著惡狠狠的雙眼，大張細密而雜亂的利牙，準備撕裂任何生物，我卻看著牠對一道道橫陳的美食，視而不見。牠那凶狠的眼究竟只是恫嚇別人的假象，窸窸窣窣行獵只能靠靈敏的嗅覺，嗅聞不到夢的氣味，就無法張口吞噬做夢者。而，吞噬夢者是否就可以換得一夜安寢，不再騷動飢渴？看著牠一路逡游而過，彷彿看見自己溜竄的身影，那凸睜的眼除了凶狠，更是無法哺餵的失眠者張皇欲狂的神情，狂亂與凶狠似乎只是內在與外觀的區隔，是長久積累與潰堤爆發的表裡之別。我在此處，牠往夜的更深處。

海鰻消失在燈照的盡頭。海流像鐘擺左右，左右，無聲滴答，搖晃著鸚哥魚的夢床，牠們依舊熟睡，在夢中複習記憶，或者遺忘，然後，在熟悉的洞窟中醒來，而不是在海鰻的腸胃，只要隱藏住自己誘惑的氣味，就可以擁有不斷重複的幸福，不需要在暗夜中驚惶、徘徊。安穩的之所以安穩，關乎牠聰明地隱藏自己，尋獵的之所以依舊渴求尋獵，關乎所追尋的夢的氣息被嚴密包裹，文風不透，牠無知無覺地擦身而過，繼續冶遊。

一到暗夜便蠢動的生物，究竟是狡獪或是懦愚？或許兩者兼是。原本懦愚的為了生存不得不變得狡獪，無法在白晝的明光中覓食，眼睜睜地，所垂涎的繽紛魚群明明就在近旁招展誘惑，卻又行動俐落滑溜，不管如何出擊總是撲空，看著別人埋伏，覷準時機出手，總是手到擒來，大嚼大啖，而牠們甚至連海沙底的殘餚剩羹都搶食不到，只好黯然躲藏洞穴，躲避白晝過於炫目的光亮，免得愚鈍曝光，也暫時切斷和現實不快的連結，或許在洞穴中翕吐著失敗者的囈語，一到黑夜才幽幽出巡，襲擊脆弱的酣夢者。牠們所擁有的視力於是在闇夜的出獵中慢慢退化，僅僅依靠嗅覺，嗅聞稀薄的體味或血腥。

柳珊瑚上有小小橫帶扁背鯳縮著尾巴，口中叼著柳珊瑚枝椏的一角也將就睡著了，委身夢境的姿勢像隨遇而安的流浪漢。沒有人搭理瑟縮街角的流浪漢，連生命的威脅也沒有。除了夢，沒有什麼是可以從流浪漢身上榨取的，而夢，又豈是別人可以榨取得了？於是，我拍下隨波游移的橫帶扁背鯳，即使沒有枕著柔軟的床與絨被，牠也可以叼住夢境不放。想想自己，我該磨礪自己的牙，也牢牢叼住夢，還是捨棄安穩學習去流浪？在流離的疲困中，也許睡鄉反而路穩堪行。

或者是，其實我肉身一向安穩，心卻常趁夜去嬉遊而屢屢迷失歸途？

此刻，我潛至荒蕪的沙地，幾隻臭肚魚鼓斜著，載浮載沉，乍見之下以為已經死亡，其實只是酣睡至翻了白肚，牠們甚至不尋個隱蔽的礁石或洞穴躲藏，不蒙覆細沙暖被，這個姿態就不是流浪漢了，明擺著有恃無恐。最無憂的睡姿，不會在一夜的蜷縮中僵麻痠疼醒來。這樣撩撥人的睡姿，卻是最厲害的睡姿，牠們背上的毒鰭，即使是在最脆弱最無防備的睡眠中，也會令那些暗夜巡遊者只能渴望而不可及。

圓管星珊瑚還醒著，這也是晝伏夜出的生物，而且睡著的樣子比清醒還醜陋。白日裡多半只會看見光禿禿縮皺的圓管參差附著在礁石上，偶然伸出幾叢觸手。但到了夜裡，全數甦醒，眾多透明的觸手齊伸懶腰後，像綻放出朵朵重瓣的花，其實是一一活動指爪，伸出帶毒刺的透明魔手，在海流中張舞。我的燈照著牠，仔細瞧那看似纖弱的一隻隻素手，如何迅疾攔截被燈光吸引而來的浮游生物及蠕蟲，觸手捕獲獵物予以麻醉後便緩緩送往口中，細細咀嚼吞嚥，用餐姿勢堪稱優雅。被燈催眠的小生物不斷聚集過來，珊瑚觸手越形忙碌，不斷地吞噬，吞噬，沒有停歇下來的意思。末了，我只好把燈移開，不忍看牠吃到撐飽的樣子。我以為，優雅該是知所節制，適可而止，絕不是這般恍如夢遊者的無意識吞嚥。我的燈催眠了蠕蟲，大量的蠕蟲催眠了圓管星珊瑚，一向黝黑的海中，乍然有了光亮，蠱惑了生物，迷失該有的防衛與分際。只因為那等待已久的光亮。

當海中世界熄了燈，我是唯一提燈者，變成不寐者所希冀的光明，似乎也擁有掌控生死的權柄。一向，我是在悠悠長夜渴求第一道曙光的人，我是否也曾誤判某束虛假的光亮，以為將指引我脫離黑暗而歡欣躍舞，最後，竟在某雙巨眼的照看之下，一步步跳進豔麗的陷阱而不知，在真正天明到來之前，便舞盡最後一滴生命汗水？

憐惜蠕蟲而轉移燈光。該不會有人來注意我的盲目趨光吧，我只有在黑暗中耐心等待黑暗的全面撤退。自憐且自救。

腳邊不知何時聚集一堆魔鬼海膽，迅速擺動棘刺，趨光而來的牠們因聚眾而變得更壯大的一團黑膽，不讓我有落腳之處，只能抓住礁石漂浮著。想起受過海膽刺傷的朋友描述，一連數日的紅腫熱辣抽痛，擔心毒素擴散，讓他悲觀以為需要截肢，否則便要命喪魔鬼毒門暗刺。

為了擺脫牠們，也為了試驗，我抓穩礁石熄了燈，眼前驟地陷入純然的黑暗。原本在燈前舞動的蠕蟲及浮游生物頓時失去所依，我也是。

不知經過多久，逐漸適應冷涼的黑暗，於是看見船燈穿透濃稠的闃黑，流瀉而下，眼前出現礁石模糊的輪廓，一些幽光翕閃著，我揮舞著手，手套上也沾黏了一些光點，螢綠螢綠。彷彿藏匿暗處多時的海妖，此時現身，環繞在四周眨巴螢綠的眼睛。

我聽著自己沉重的呼吸，聽著夜的聲音透過冷涼的海水一波波傳到耳際，其中，有昏寐者的夢境正在腦中重組、堆砌、崩解的聲音，有夜遊者正窸窸窣窣的荒忽潛行，有寂靜中不尋常的聲音，那就是寂靜本然的聲音嗎？

身體似無重力地飄浮，就像以往夢境中一再出現的場景——身體漸漸飄離床榻，在夜空飛翔。

重新開燈後，魔鬼兵團尚未完全散去，但已不再受燈鼓無聲的號召，銜枚疾走行軍而來。我加快潛行的速度，讓牠們來不及追趕紮營。暗夜的遊蕩者不只我一個，當牠們擎著棘刺列隊圍攻的時候，只好閃躲，閃躲不過的話，一場再清醒也不過的夢魘便在現實中刺痛著。

落荒逃出水面，夜未央，天上的星斗閃著晶亮的眼，照看我拎著一捲不同姿態的夢，滴淋著溼漉漉的頭髮，扭亮桌前的燈，反覆觀看，直至夜神也疲累，歸返。

【附錄】

來自各文學獎的好評——

◆關於〈魚缸〉（二〇〇六年時報文學獎散文評審獎）

王宣一——

以一個具象的魚缸形容生活或是生命中的無奈，這樣的散文基本上從開始就有一定的雛形，一缸魚和一種生活的對照，很清楚的交織出內心困頓的情緒。

單調的辦公室和冷寂的家庭，魚缸是沉寂中唯一的活力，從布置魚缸到水草叢生，飼養的過程，心態慢慢和緩的進行著轉變，主角一直是低調的控訴著內心的苦悶。文字的節奏掌握得相當平和，沒有急欲掙脫的歇斯底里，只是循序漸進的一路走過。

這篇文章比較有趣的是主角沒說明為什麼要把魚缸放在辦公室而不是家裡，同樣是沒有生氣的兩個場景，上班時假裝專心仕事，眼睛卻不停捕捉在水草間穿梭的小魚身上，或是放空在魚缸之外的失焦狀態。這樣的描繪除了表達了婚姻生活的無奈，但卻同時不造作的顯現普通上班族的平凡與苦悶。

文章後段以人對魚的生態的敘述，小魚的性別選擇權來象徵女性自我意識的疏解，是不錯的比喻，唯最後一段卻又註解了太多想要的詮釋，如果可以，也許刪去末段會更有力量。

關於〈海田父女〉（二〇〇六年台北文學獎佳作）

蔡素芬——

本篇文章著墨於父女感情的描寫，文中的小女孩與父親的情感並不緊密，但長大後因為學習潛水，而與父親間有了交集，感情真摯。

張曉風——

這篇作品的情感流露動人。

♦關於〈沉情二十五米〉（二〇〇八年台北縣文學獎散文首獎）

何寄澎——

我對散文的評騭品第，二十餘年來確曾經歷美學觀點起伏轉折的過程。年輕時對作者新奇的演練實驗，往往給予最大的包容，竟而有意無意忽視其是否明晰可誦。年歲越長，乃日益悟昨日之非，終致幡然而變。此次台北縣文學獎之應徵作品普遍的優點乃是平易可親——文筆容或拙澀稚嫩，但情懷真切動人——就這一點言，我個人願給予相當程度的肯定；而在眾多參選作品中，本文是最令我動容且感懷萬端的佳作。文字的洗練、結構的井然、譬喻與意象的精準貼切（如鰈魚、海豚、魟魚、鮣魚），固不必說；最難得的是，作者對自我內心世界翻騰曲折深微的刻畫，極令人涵詠咀嚼之能事，而終鐫銘難忘。文末有云：「有必要在多情的時候先練習無情。」作者確實昭析揭示了現代人情感上糅雜狐疑、倔強、冷靜、克制的複雜樣態——而這亦分明印記了「現代人」最深冷（一如二十五米海底）的孤獨——就我這樣「非現代」的讀者而言，本文因此讓我在理解與不解、感傷與喟嘆的矛盾中糾纏擺盪，久久難已。

◆關於〈沉船，之後……〉（二〇〇八年鳳邑文學獎散文評審獎）

蔡文章——

作者背著氣瓶躍入海中，拜訪一艘沉船的所見所感之心情書寫，是屬海洋文學的一種。全文對沉船周遭觀察詳實，感受深刻，筆調簡潔、有致。

◆關於〈好一片珊瑚〉（二〇〇六年山海文化獎散文第二名）

鄭清文——

是從潛水員的角度去觀看，描述台灣的海底景觀。

這篇作品，對台灣的多種珊瑚有詳盡的描寫。作者這一方面的知識是相當豐富的，描述也正確、生動。

珊瑚是生物，生物就有競爭。珊瑚吃其他的生物，也會被吃。這是大自然的規則。海底如此，陸上也相似。

這是「生存的必然」。作者也在文章中，寫出一些自己對生命的感悟與見解。

◆關於〈希望東北角〉（二〇〇八年吳濁流文學獎散文獎首獎）

柯裕棻——

這篇文章是無異議一致通過得到首獎的。這是一篇文字細膩情感豐富的海洋散文。它不是以常見的海岸或鯨豚著手，而是別開生面地以潛水活動和海底生態觀察作為寫作主題。

全文結構完整，文字情緒的掌握恰當，沒有失控的敗筆，文中有不少的魚類描寫卻一點也不枯燥。作者不僅僅是寫景物，也寫出了潛水時人魚相望的感動，此外，對於初學潛水者的慌亂心境描述非常生動，然後從講述潛水的過程中徐徐帶入海底珊瑚生態的破壞、汙染和魚類濫捕問題。

文章後半部著重於海洋問題的分析：海灘遊客恣意破壞、漁民捕撈、垃圾堆積等等，也寫出默默為魚類保育做奉獻的海洋志工的努力。文中描寫了水母的掙扎和土魟的垂死拍翅，令人不勝感慨。作者在點出諸多令人感慨的問題之後，並不流於激憤，而是以這些志工有如滄海一粟般渺小但仍奮力不懈的努力作結，將文章的高度提高許多。

台灣雖自稱為海洋國家，然而僅有少數作家致力於海洋的文學寫作，這類主題一直都難以蔚為風氣，也許這是因為我們雖然依海為家以海為食，卻不夠熱愛海洋，只求我們一己的飲食和遊樂之快，未能珍愛這環繞我們的水域和水族。台灣在極力發展海洋觀光之餘，始終未能善盡保育之責，許多遊客抱著愛台灣的心情上山下海的旅遊探索，卻絲毫不以愛護生態為己任。這篇作品不但是在文學表現上，以感性的文字寫出了海洋文化的群相，也做到了文學的社會反省，相當難得。

范文芳——

歷來將文學篇章，粗分為詩歌、散文、小說、戲劇等四種形式，初學者往往認為散文最易寫，一旦登上文學殿堂，才發現要寫出一篇精緻、典雅、新穎、有趣的散文，又是何其難也。

本屆吳濁流文藝獎，散文類獲獎作品〈希望東北角〉，是參賽作品中，較為突出的一篇，我在初審、複審、決審過程中，經過三位評審一再地討論，試將此篇作品之品評，略述於後：

就題目來論

以地理位置而言，台灣這座略呈狹長型的海島，「東北角」點出了方位，就地形景觀而言，「東北角」一語，已經在旅遊者的心目中，啟印上海洋、岩岸、削壁、高山等等壯觀、澎湃的印象。

「東北角」是標示方位、地點的名詞，「希望」一語，可以是動詞，表示期待、期許、盼望、等待；也可以是名詞，表示理想、夢想、目標、境界；還可以是形容詞，表示有希望的、有期許的、有可能的、有未來的……

「希望東北角」一語，可以是詞語，也具備短句的功能，其含義又具有多重的可能，所以我說，這個題目，看起來通俗，寫實，細讀之後，可體會其含義不俗。

就題材來論

台灣是一個海洋國家，海島的景觀、生態、人文，是一篇好的散文作品最自然的題材。

這篇散文作品，細寫海洋中的生物，各種珊瑚、藻類、魚類，寫得生動、優美、細緻，這是傳統的大陸文明，以古中國為例，絕無僅有的題材。

透過台灣原住民Amis、Taws的海洋文明，加上現代西方生活中的時髦的浮潛活動，選擇台灣島上的東北角，充分描述海洋文明中的另類美感，這也是傳統的古中國文學絕無僅有的題材。

用這樣的題材，寄託了寫作者的心意、希望，也就扣住了本篇的主題，重現海洋文明，珍惜海島生態、維護台灣的價值，同時也維護台灣的生態。

就語文來論本篇作品，用現代台灣華語來書寫，文句流暢、語意明晰，不刻意堆砌古文典故、不賣弄空洞華麗的四字成語，已經令評論者耳目一新。

結論

本篇作品，除了上述三個層面的優點，當然也難避免某些缺點。作者在行文中，常出現很明顯，明顯得有些露骨的說教意圖，例如對生態保育的強調，這樣太重視教化功能的文學創作，倒是比較具有傳統中國的「文以載道」的風格，我期待作者，也能較輕鬆一些，不要露出太多說教的意圖。

◆關於〈遠去的船影〉（二〇〇七年打狗文學獎散文第二名）

康原——

其實他的造船藝術是精緻的，他的工作是努力不懈，但他的藝術沒有被肯定，也使他的生活過得並不愜意。顯現一些不懂得工藝的評審，也能去評審造船工藝，是一種反諷的手法，透過造船的工作，去書寫一個家庭的興衰過程，文字簡潔洗練，是結構完整的好散文。

向陽——

寫大舅一生與造船為業的故事，作者文筆細膩，以大舅送他的木造小船裝飾物起筆，帶出大舅的奮鬥和造船業的沒落，相當感人。

廖玉蕙——

這篇文章用滄桑的筆調，摹寫大環境下的小人物，由飛黃騰達、不可一世，逐漸陷入頹勢，無法東山再起的歷程。作者對所寫的船隻的歷史與知識，有完全的掌握，所以，寫得十分專業；在人物的描寫上，作者也用力甚勤，大舅與外公的齟齬、作者與大舅對外公認識的差異，及大舅面對起伏人生的應對態度，都十分具有遊說力。

陳憲仁——

此篇細膩地描寫了大舅的人生奮鬥及他的專業精神；同時也反映了高雄造船業的興衰及社會的演變。可以說是一篇有內容有血淚的人物傳記，也是一篇具有時代縮影意義的高雄書寫。

吳晟——

從飛黃騰達到敗盡家產，從製造大船的老闆，淪為造小船的工藝家，專業知識充分發揮，描摹十分生動、細緻。本文既是個人和家族的興衰史，也是大環境社會發展的某種縮影，不時流露滄桑的筆調，令人唏噓，面對人生起伏如何調整生命態度，亦頗多省思。

國家圖書館預行編目資料

海田父女／薛好薰著--初版.-- 臺北市：寶瓶文化, 2011.08
面； 公分.--(Island；151)

ISBN 978-986-6249-55-6（平裝）

855　　100012356

Island 151

海田父女

作者／薛好薰

發行人／張寶琴
社長兼總編輯／朱亞君
主編／張純玲・簡伊玲
編輯／禹鐘月・賴逸娟
美術主編／林慧雯
校對／禹鐘月・陳佩伶・呂佳真・薛好薰
企劃副理／蘇靜玲
業務經理／盧金城
財務主任／歐素琪　業務助理／林裕翔
出版者／寶瓶文化事業有限公司
地址／台北市110信義區基隆路一段180號8樓
電話／(02) 27494988　傳真／(02) 27495072
郵政劃撥／19446403　寶瓶文化事業有限公司
印刷廠／世和印製企業有限公司
總經銷／大和書報圖書股份有限公司　電話／(02) 89902588
地址／台北縣五股工業區五工五路2號　傳真／(02) 22997900
E-mail／aquarius@udngroup.com

法律顧問／理律法律事務所陳長文律師、蔣大中律師
如有破損或裝訂錯誤，請寄回本公司更換
著作完成日期／二〇一一年六月
初版一刷日期／二〇一一年八月
初版二刷日期／二〇一一年八月五日

ISBN／978-986-6249-55-6
定價／二七〇元

愛書人卡

感謝您熱心的為我們填寫，
對您的意見，我們會認真的加以參考，
希望寶瓶文化推出的每一本書，都能得到您的肯定與永遠的支持。

系列：Island151　　**書名：海田父女**

1. 姓名：＿＿＿＿＿＿＿＿　性別：□男　□女
2. 生日：＿＿年＿＿月＿＿日
3. 教育程度：□大學以上　□大學　□專科　□高中、高職　□高中職以下
4. 職業：＿＿＿＿＿＿＿＿
5. 聯絡地址：＿＿＿＿＿＿＿＿＿＿＿＿＿＿＿＿
   聯絡電話：＿＿＿＿＿＿＿＿　手機：＿＿＿＿＿＿＿＿
6. E-mail信箱：＿＿＿＿＿＿＿＿＿＿＿＿
   □同意　□不同意　免費獲得寶瓶文化叢書訊息
7. 購買日期：＿＿年＿＿月＿＿日
8. 您得知本書的管道：□報紙／雜誌　□電視／電台　□親友介紹　□逛書店　□網路　□傳單／海報　□廣告　□其他
9. 您在哪裡買到本書：□書店，店名＿＿＿＿＿＿　□劃撥　□現場活動　□贈書　□網路購書，網站名稱：＿＿＿＿＿＿　□其他＿＿＿＿＿＿
10. 對本書的建議：（請填代號　1. 滿意　2. 尚可　3. 再改進，請提供意見）
    內容：＿＿＿＿＿＿＿＿＿＿
    封面：＿＿＿＿＿＿＿＿＿＿
    編排：＿＿＿＿＿＿＿＿＿＿
    其他：＿＿＿＿＿＿＿＿＿＿
    綜合意見：＿＿＿＿＿＿＿＿＿＿＿＿＿＿＿＿＿＿＿＿
11. 希望我們未來出版哪一類的書籍：＿＿＿＿＿＿＿＿＿＿＿＿

讓文字與書寫的聲音大鳴大放

寶瓶文化事業有限公司

（請沿此虛線剪下）

寶瓶文化事業有限公司　收

110台北市信義區基隆路一段180號8樓

8F,180 KEELUNG RD.,SEC.1,

TAIPEI.(110)TAIWAN R.O.C.

（請沿虛線對折後寄回，謝謝）